人民文学出版社

Si Tiao Han Zi

四条汉子

有价值悦读

刘 恒

图书在版编目(CIP)数据

四条汉子/刘恒著.—北京:人民文学出版社,2013
(有价值悦读)
ISBN 978-7-02-010089-7

Ⅰ.①四… Ⅱ.①刘… Ⅲ.①中篇小说—小说集—中国—当代 Ⅳ.①I247.5

中国版本图书馆 CIP 数据核字(2013)第 231196 号

责任编辑　刘　稚
责任校对　常　虹
装帧设计　陶　雷
责任印制　王景林

出版发行　人民文学出版社
社　　址　北京市朝内大街 166 号
邮政编码　100705
网　　址　http://www.rw-cn.com

印　　刷　北京市松源印刷有限公司
经　　销　全国新华书店等

字　　数　123 千字
开　　本　787 毫米×1092 毫米　1/32
印　　张　7.375　插页 3
印　　数　1—8000
版　　次　2014 年 6 月北京第 1 版
印　　次　2014 年 6 月第 1 次印刷

书　　号　978-7-02-010089-7
定　　价　28.00 元

如有印装质量问题,请与本社图书销售中心调换。电话:01065233595

出版说明

社会飞速发展,欲求稳定健康、立足长远,必须有具备良好价值的文学读品,丰富和保护我们个体的心灵和创造力;社会飞速发展,现实的我们,也确实没有多少完整的时间,投入心性的培养和审美能力的提升。人民文学出版社推出这套"有价值悦读"丛书,以作品精到为编选方向,以形态精致为制作目标,旨在为当今奔忙于生计和学业的人们,提供一个既可以随时便览,抽时间细细品味也深有内涵的文学经典读本。

初出第一辑,以当代优秀的小说家为主,每人一册,不特选小说,作者有被称道的散文作品亦纳入该作者的选本。

限于目前的具体情况,一些作者未能收入眼下这一辑,我们将在后续的出版过程中,满足大家的要求。

我们热切地期盼广大读者,对我们这套丛书提出意见和建议,以使我们能够做得更好,我们彼此能够更贴近。

人民文学出版社编辑部

目 录

贫嘴张大民的幸福生活 \ 1

四条汉子 \ 123

贫嘴张大民的幸福生活

他叫张大民。他老婆叫李云芳。他儿子叫张树,听着不对劲,像老同志,改叫张林,又俗了。儿子现在叫张小树。张大民三十九岁,比老婆大一岁半,比儿子大二十五岁半。他个子不高。老婆一米六八。儿子一米七四。他一米六一。两口子上街走走,站远了看,高的是妈,矮的就是个独生子。去年他把烟戒了,屁股眨眼就肥了一倍。穿着鞋八十四公斤，比老婆沉五十斤，比儿子沉四十斤，等于多了半扇儿猪。再到街上走走，矮的在高的旁边慢慢往前滚，看不着腿，基本上就是一个球了。

张大民不是聪明人。李云芳了解他。他三岁才说话，只会说一个字，"吃"！六岁了数不清手指头，没长六指，却回回数出十一个来。小学晚上了一年，还蹲了一班，听不懂四则运算。中学又蹲了一班，不会解方程，经常求不出未知数。不聪明也没耽误高考，那是七十年代的事了。语文47分。数学9分。历史44分。地理63分。政治78分。张大民感到骄傲。李云芳也考了，总分只比他多5分。政治不及格。人家问马克思主义的三个组成部分，她写的是《为人民服务》、《纪念白求恩》、《愚公移山》。这么胡说八道是很能说明问题的。李云芳也不是聪明人。张大民太了解她了。

他们是青梅竹马。张大民的父亲是保温瓶厂的锅炉工，李云芳的父亲是毛巾厂的大师傅，同属无产阶级，又是邻居兼酒友，没事儿就蹲在大树底下杀棋。文化不高，脾气也柴，杀着杀着能揪着脖领子打起来。

"老子拿笼屉蒸了你！"

"老子拿锅炉涮了你！"

孩子们就跟着吐唾沫。张大民很早就明白,李云芳的唾沫星子是酸的。蒸完了涮完了吐完了,两个老浑蛋加臭棋篓子又和好了。孩子们蜂拥到沙土堆上继续玩耍。张大民垒碉堡,挖壕沟,李云芳嘻嘻一蹲,半泡尿就把炮楼给端了。后来的新婚之夜,两个人穿着衣服酝酿第一次性生活,张大民开玩笑说你大腿根儿紧里边有个痦子,现在还有吗?吓得李云芳差点儿从床上掉下去,捂着小肚子看了他半天。

"你怎么知道?"

"我琢磨它都琢磨了二十年了。"

"……真流氓!"

痦子大了,黑黑的像趴着个土鳖。童年往事如梦,他们本应成为流氓无产者的,不知何故,竟双双成了安分守己而又感情细腻的人。她敞着大痦子,喷着酸酸的唾沫星子说话。

"大民,你爱我吗?"

张大民都快晕过去了。

张大民的父亲是让开水烫死的。他站在离锅炉房八丈远的地方跟人说话,轰隆一声,锅炉黑乎乎地蹿出了房顶,一边飞一边洒开水,像一架灭火的直升机。锅炉工哎哟妈哎,就给浇趴下了。

那时候张大民不爱说话,死淘死淘的。看着父亲像氽丸子一样的脑袋,灵魂突变,变成了黏黏糊糊的人。话也多了,而且越来越多,等到去保温瓶厂接班,已经是彻头彻尾的耍贫嘴的人了。不变的是身高。锅炉爆炸以前是一米六一,一炸就愣住了,再也不长了。

李云芳晚一年接班,爱上了毛巾厂的技术员。张大民很难过,心想恋爱了也不跟哥们儿打声招呼,什么东西!假小子越长越苗条,越长越妩媚,不光唾沫星子是酸的,连套着高跟儿鞋一撇一撇的脚丫子都是酸的了。张大民找碴儿跟她说话,有话没话都想办法一句挨一句地跟她说话,不说憋得慌。他拎着塑料桶站在公共水龙头旁边,像看珠穆朗玛峰一样看着她,自己都听不清自己在说什么。

"你们厂夜班费六毛钱,我们厂夜班费八毛钱。我上一个夜班比你多挣两毛钱,我要上一个月夜班就比你多挣六块钱了。看起来是这样吧?其实不是这样。问题出在夜餐上面。你们厂一碗馄饨两毛钱,我们厂一碗馄饨三毛钱,我上一个夜班才比你多挣一毛钱。我要是一碗馄饨吃不饱,再加半碗,我上一个夜班就比你少挣五分钱了。不过你们厂一碗馄饨才给十个,我们厂一碗馄饨给十二个,我吃过一碗十四个的,这样一算咱俩上一个夜班就挣得差不多了,就没有什么区别了。可是你们厂的馄饨馅儿肉搁得多,算来算去还是我们厂亏了。表面看起来你们厂的夜班费少几毛钱，实际上一分钱都不少！云芳，你觉得呢？"

"我觉得我都糊涂了。"

"哪儿糊涂了？我帮你算。"

"大民，你说点儿别的吧。"

"夏天到了，你爸爸都穿上大裤衩了，你妈也穿上大裤衩了，你……"

李云芳心想，他怎么这么啰唆呀！又想他爸爸烫死以后，他们家的生活确实困难多了，连一碗馄饨都要数着吃了，太惨了。她的目光一软，他的嘴皮子就受了刺激，硬邦邦的越说越来劲了。

"你爸爸的大裤衩用绿毛巾缝的，是吧？你妈的裤衩是粉毛巾缝的，对不对？你两个弟弟的裤衩是白毛巾，你姐姐和你的大裤衩子是花毛巾，我没说错吧？吃了晚饭，你们一家子去大马路上乘凉，我觉得挺那个的。你自己琢磨琢磨，花花绿绿是不是挺……"

李云芳红着脸笑了，"我们一家子穿开裆裤，你管得着吗？"

"你看你看，你根本没明白我的意思。我觉得花花绿绿挺……挺温馨的。真的！你别笑。我就是不认识你们家，一看这打扮也知道起码有三个人在毛巾厂上班。这能赖你们吗？不发奖金老发毛巾，你们家柳条包都撑得关不上了，这能赖你爸爸，能赖你吗？我要是毛巾厂的，就用花格子毛巾做套西装，整天穿着上班，看看厂领导高兴不高兴。他们要不高兴，我就用白毛巾做一套白大褂，在他们眼皮子底下走来走去，看看最后谁给谁做手术！"

"大民，你贫不贫呀！"

"其实我也没别的意思。你们一家子穿着毛巾在屋里待着，我就什么都不说了。上了街还是应该注意影响。缝裤衩的时候应该把字儿缝起来。每个屁股蛋儿都印着一行'光华毛巾厂'，不雅观，好像你们全家走到哪儿都忘不了带着工作证一样。你说呢？让你妈改改吧？"

"快闭嘴吧，水都溢了。"

"我的话还没完呢！"

"你少说两句不行吗？"

"不行，不说够了我吃不下饭。"

"那你就饿着呗！"

李云芳不当回事，闪着细腰嘻嘻哈哈地走开了。他嘴唇发干，嗓子眼儿里塞满了自知之明，知道一堆废话她一句也没听进去。他自卑得睡不着觉，摸着两条短腿，想着两条长腿，发现自己跟她没什么好说的了。

天下的王八蛋都是一样的。聪明的技术员去了美国，走前说不吹,走后来了一封信,说还是吹了吧。李云芳得了忧郁症,开始几天不说话,随后就不吃东西了。她披着一块粉色的缎子被面,在自己的床上坐了三天,谁劝也不下来。她母亲的哭声在大杂院上空久久回荡。张大民很高兴,心说该,该!大半夜睁开眼,接着说该,活该!鼻子突然一紧,眼窝儿就湿了。

李云芳的姐姐找到张大民,流着泪嘟囔,好话有一万句了,死马当活马医,你也给几句试试?张大民矜持了一下,她姐姐忙说我们没别的意思,这么没出息谁还要她呢。张大民又矜持了一下,咱想说什么说什么,你们谁也别管。她姐姐说你别打她就行了。张大民梳了梳头发,漱了漱口腔,换了一双厚底儿鞋就跟着去了。

他吓了一大跳。李云芳脸色苍白,两腮深陷,肿眼像两只烂桃子,目光凝视着桌子底下的一个地方。他坐在她对面,半天不知道说什么。她的小虎牙以前特别好看,现在凶狠地龇着,像野猪的牙一样。

"云芳,你知道你披着什么东西吗?"

她一点儿反应都没有。

"你披着一块杭州出的缎子被面,你知道吗?它是你妈给你缝结婚的被子用的,你把它披在后背上了,你还给披反了。你看过变魔术的没有?你现在的样子就像个变魔术的,不是台上的,是天黑了马路边儿那种,你觉着自己挺高级是不是?"

还是一点儿反应都没有。

"你为什么不说话?江姐不说话是有原因的,人家有革命秘密,你有什么革命秘密?你要是再不吃饭,再这么拖下去,你就是反革命了!你没什么出路,饿死了算!人家董存瑞黄继光都是没办法,不死也得死,逼到那份儿上了,不死说不过去。你呢?裹着被面咽下最后一口气,你以为他们会给你评个烈士当当吗?这是不可能的。顶多从美国给你发来一份唁电就完事了。你还不明白吗?"

李云芳眼珠儿一动,把脸转过来了。张大民擦擦脑门子上的汗粒子,扭头说有烟吗?李云芳的弟弟颠颠地跑进来,给他点了一支烟,悄声说你接着说我爸让你接着说,又颠颠地跑出去了。张大民暗叫说个屁!这是美丽活泼的假小子李云芳吗?他的心都碎了。

"云芳,我帮你算一笔账。你不吃饭,每天可以省三块钱,现在你已经省了九块钱了。你如果再省九块钱,就可以去火葬场了。你看出来没有?这件事对谁都没有好处。你饿到你姥姥家去,也只能给你妈省下十八块钱。你知道一个骨灰盒多少钱吗?我爸爸的骨灰放在一个坛子里,还花了三十块钱呢!你那么漂亮,腿那么长,肉那么白,不买一个八十块钱的骨灰盒怎么好意思装你!这样差不多就一个月不能吃东西了。你根本坚持不了一个月,所以你也用不着坚持了,这件事就这么算了,该吃什么吃什么吧。这笔账你清楚了吗?你还没挣够盒儿钱呢!云芳,西院小山他奶奶都九十八岁了。她听说你披着被面坐在床上想过来看看热闹儿,可是她走不动了。要不然我把她背过来?没有人背她她就没有机会了。你才二十三岁,再活七十五年才九十八岁,还有七十五年的大米饭等着你吃呢,现在就不吃了你不害臊吗?我都替你害臊!我要能替你吃饭我就吃了,可是我吃了有什么用?穿鞋下地,云芳,你吃饭吧。世界上最好的东西就是饭了,吃吧。"

李云芳嘴唇动着,要笑了。外边传来叽叽喳喳兴奋的声音,似乎要急着喝彩了。张大民举着一只手,不知要干什么,大家静下来,静得能听见李云芳肠子的声音,咕儿咕咕儿咕咕咕儿咕咕咕咕儿。

"云芳,你有什么话就直说吧。你想上茅房吗?我刚坐这么一会儿就想上茅房了。可是我现在不去。等你吃了第一口饭我再去。实话对你说吧,你不吃我就不去。我不信你能眼睁睁地看着我憋死。别装模作样了,我早知道你为什么不吃不喝了。不就是怕上茅房?你嘴唇哆嗦什么?你是不是尿裤子了?没尿裤子你捂着被面干什么？你不说话也没用，你不说话说明你心虚，说明你的裤子早就湿了。别以为你捂着被面我们就什么也看不见了。我们什么都能看见。快把被面扔了吧，充什么大花蛾子，你不烦我们早就烦了。你换一个花样儿行不行？你头上顶个脸盆行不行？不顶脸盆顶个酱油瓶子行不行？我们烦你这个破被面子。"

李云芳忍着笑，嘴唇都咬白了。张大民欠欠身子，从晾衣绳上揪了一条毛巾，又从床上揪了一条枕巾，他把枕巾蒙在脑袋上，把毛巾递给李云芳，用鬼鬼祟祟的目光看着她，口气有点儿伤感。

"我拿你一点儿办法都没有了。你把它蒙上，我领着你偷地雷去吧。你知道哪儿有地雷吗？"

李云芳张着大嘴，没笑，哇一声巨响就把一切悲愤和忧伤都哭出来了。她扑倒了张大民，喷了他一脸唾沫，一边号啕一边连咬带掐，把他做了爱和恨的朦胧替身。李云芳的家人冲进来，找不着那两位人物，只看见粉晃晃的缎子被面摊在床上，像飘来飘去的旗子。旗子底下漾着哭声和胡言乱语，是跑调跑得厉害却非常诱人的男女声二重唱了。

"大民，你怎么这么贫呀！"

"云芳，没人要你我要你！"

"大民，你怎么这么矮呀！"

"云芳,我是个土豆儿我也要娶你!"

"大民,你怎么这么坏呀!"

"云芳,我不坏你就好不了啦!"

"大民,你怎么……这么好呀!"

"云芳,恕我直言,你的腿你的腿你的腿腿腿……怎么这么这么这么长呀!"

听着听着,李云芳的母亲也号啕了。李云芳的姐姐也跟着号啕了。病人思路清晰,爱憎分明,不用担惊受怕了。李云芳的父亲跑到小厨房悄悄抹眼泪,一个人嘟嘟囔囔,多好的一对儿呀!贫了点儿,也矬了点儿,可是这俩小兔崽子一公一母是多么合适的一对儿呀!

李云芳不治而愈,嫁给了张大民。从此,两个人就过上幸福的生活了。

张大民家的房子结构啰唆,像一个掉在地上的汉堡包,捡起来还能吃,只是层次和内容有点儿乱了。第一层是院墙、院门和院子。院墙不高,爬满了牵牛花,有虚假的田园风光,可以骗骗花了眼的人。院门松松垮垮,是拼成一体的两扇旧窗户,钉着几块有弧度的五合板,号码都在,告诉来人它不是一般的木头,它是大礼堂的椅子背儿。推开院门，里面是半米深的大坑，足有4平方米。左边支着油毡棚，摞满了蜂窝煤，右边支着一辆自行车，墙上挂着两辆自行车，自行车旁边还挂着几瓣儿紫皮蒜，蒜瓣儿底下搁着一个装满垃圾的油漆桶。张大民家的人管这个填满了的大坑叫——院子。第二层便是厨房了，盖得不规矩，一头宽一头窄，像个酱肘子。这是汉堡包出油的地方。前后窗，左右墙，头顶上，脚底下，全是黑的和黏的，怎么擦也没用。灯泡永远毛茸茸的，吊在电线上，像个长不大也烂不掉的瘪茄子。厨房的门槛不错，有膝盖那么高，水泥很厚，怪怪的像一道水坝。穿过厨房就进了第三层，客厅兼主卧室，10.5平方米，摆着一张双人床和一张单人床，一张三屉桌和一张折叠桌，一个脸盆架和几把折叠凳。后窗不大，朝北，光淡淡的，像照着一间菜窖。最后一层是里屋，6平方米，摆着一张单人床和一张双层床，猛一看像进了卧铺车厢一样。墙上没窗户，房顶上有个窗户，白光直着射下来，更像菜窖了。这个多层的汉堡包掉在地上，掉在城市的灰尘里，又难看又牙碜，让人怎么吃它呢！

张大民嚼了一百遍，还是咽不进去。婚前一个月，锅炉工的长子召集了家庭会。大家腿碰腿挤在客厅里，像一堆蒜瓣儿凑成了一颗大头蒜一样。李云芳坐在门口，孤零零的，像大蒜旁边的一粒葱花儿。张大民兄妹五个。弟弟是单数，三民五民。妹妹是双数，二民四民。几个民都不爱说话,话都让最大的民说了。做母亲的也不爱说话,她有病。锅炉工一死她就病了。不是脑子的病,是烧心。当胃病治了多年,还是烧心。她爱喝凉水,有了冰箱就改吃冰块儿了。相框里的锅炉工心情不好,愁眉苦脸地看着他的老婆和一窝孩子们,嘴角撇着,像刚刚骂完了一句脏话似的。李云芳的心情也不好,未来的婆婆咔嚓咔嚓地嚼着冰块儿,让她后脊梁直冒冷气。幸好未来的丈夫令人愉快,耍贫嘴都耍到她的心坎儿和胳肢窝里去,多难的事听着也不难了。

"再过一个月我就要结婚了。本来说好再过三个月结婚,可是我等不及了。水不是一下子烧开的,不小心一下子烧开了,也只好灌暖壶了。有些事你们不懂。妈是过来人,妈懂。把开水灌到暖壶里,盖上盖儿就踏实了,沏茶还是洗脚,就随你的便了。明白吗?这是我第一次结婚。我整夜整夜睡不着,老想我还缺哪几样东西,越想越睡不着。人我是不缺了,在门口坐着呢。我就缺个结婚的地方。有些事你们不懂。妈是过来人,妈懂。结婚跟睡觉根本不是一码事。睡觉哪儿不行?钻到箱子里都能睡。结婚行吗?躺在马路边也能睡。结婚试试?不行。结婚还是应该有一张双人床,有一间摆双人床的房子,还得挂上比较厚的窗帘和门帘,被子和褥子最好也是新的,两个人舒舒服服地钻进去,神不知鬼不觉地就结婚了。他们都是这么干的。你们将来也会这么干。等你们这么干的时候就会明白你们的哥哥和嫂子为什么要这么干了。妈,弟弟们,妹妹们,我和云芳要在咱们家里屋结婚。我们找不着别的地方结婚,只好委屈你们在外屋挤一挤。我整夜整夜睡不着觉,就是说不出这句话。现在我把它说出来了。听懂了没有?我们两个人睡里屋,你们五个人睡外屋。这么干你们同意吗?我和云芳没意见,你们要是没意见就这么定了。下午我就可以收拾屋子了。四民你想说什么?你是不是反对我结婚?"

四民嘴唇动了动,不说了。她是护校的走读生,一说话就脸红,在家里也改不了。张大民笑着,东看看西看看,脸皮有城墙那么厚,骨子里却惭愧得不得了,汗都贴着耳朵一股一股地流下来了。

"结婚就结婚呗。这院儿里结婚的多了!说那么多废话干吗?"

二民冷冷地说着,顿了顿,站起来出去了。她在肉联厂下水车间大肠组做清洗工,身上老带着说不清楚的味道,脾气也差些。她一出去,空气立刻不一样了。三民做了个深呼吸,咳嗽了几声,朝左右笑了笑,挪挪屁股,又没有动静了。母亲咽了一口冰,对三民说,老三,你放屁了吗?你哥等你话呢。三民是邮差,在平安里一带给人送信送报纸,在家里烦了也常常冒出一句报——哩,嗓门儿蛮大的。

"三民,你也反对我结婚吗?"

"我不反对。我凭什么反对?"

"你心里有话,我看出来了。"

"不说了。都是自己的事。"

"说吧。你不说我结婚都不踏实。"

"我第一个女朋友要是不吹,我就在你前边了。第二个女朋友要是不吹,还能赶你前边。现在……我什么都不说了。"

"你要有现成的,我先紧着你。"

"哥,你不用客气了。"

"谈几个了?"

"六个。"

"慢慢挑,别着急。"

"急也没用。住哪儿?"

"也别挑花了眼。"

"谁挑上我谁才是老花眼呢!"

"不过挑细点儿对谁也没坏处。"

"哥,我先挑着,您结婚吧。"

母亲说老三,是挑萝卜呢还是挑冬瓜呢?又说老三,给我拿块冰,挑瓷实的,不瓷实不凉。老三给母亲取了一块冰,似笑非笑地钻到里屋去了。李云芳闷头坐着,心想一个个看着挺老实,都不是省油的灯啊。

"五民,我结婚你反对吗?"

五民不吭声,读着破旧的数学课本。五民是家里的知识分子,戴眼镜,穿运动鞋,擦正规的护肤霜,是兄妹中的异类。去年高中毕业没考上大学,人深沉了不少,今年摩拳擦掌准备再来一次。看他不屑的眼光,结婚似乎是件昆虫界的事情。

"问你呢,你反对我结婚吗?"

"真没意思。我本来不想说话,你逼着我说话。其实你的本意是想堵别人的嘴,不让别人说话。谁有资格反对你结婚?这种问题你应该问爸爸。可惜爸爸死了。我觉得除了你的情敌,没人反对你结婚。你问我根本就是问错了对象。我就说这么多。哥,你别不高兴。你应该占一间房子。我们知道此地有银三百两,你就别啰唆了。我只想知道你让我睡哪儿?"

"是啊,睡哪儿?洗洗都不方便。"

四民跟着嘟囔,脸红得像西红柿。张大民叹了口气,觉得小弟的说法实在有理,废话太多了,应当说点儿实质性的问题了。

"早替你们想好了。我能白白睡不着觉吗？总的原则是少花钱多办事，做到增加一个李云芳，不增加一件新家具。除了东西要摆得合适，我们还得给人留出下脚的地方，屁股撞脑袋是免不了的，都是一家人也就无所谓了。我争取一碗水端平，除了云芳，咱都是一个妈生的，我……"

母亲说你快说，说完了，我烧心！

"里屋的单门衣柜不动，外屋的双人床和三屉桌搬到里屋。镜子搁在三屉桌上，代替梳妆台用，李云芳对此没有意见。里屋的双层床搬到外屋东北角，三民睡下铺，五民睡上铺。上铺离窗户近离灯也近，读书方便。五民呀，哥是真心为你好，你要明白。里屋的单人床架在外屋的单人床上，变成一个新的双层床，摆在靠门口的西南角，进出方便，在屋里洗不成的可以到小厨房洗。四民，你要心疼姐姐你就睡上铺。二民胖，还要赶肉联厂的早班……"

"我愿意睡上铺，可是，哥，我觉着床都睡满了。你让咱妈睡哪儿呢？"

"箱子！双人床底下有两个箱子，单人床底下有一个箱子，里屋单人床底下还塞着一个箱子，加起来是四个木头箱子。拼起来刚好是一张床，宽九十厘米，长二百厘米，高五十厘米，放在外屋西北角分毫不差。我早就量好了。我真想睡这几个箱子。要不是结婚,要不是非得跟云芳睡一块儿,我真想睡箱……二民,别在厨房嘟囔,进来说。"

"箱子不平,你想硌死妈!"

"用砖头和木头找平。"

"砖都上来了,你就是想硌死妈!"

"嚷嚷什么?我还没往箱子上放东西呢!瞎嚷嚷什么?你以为我心里好受吗?妈,您少吃点儿冰,听我说。我不让您睡箱子,我让您睡席梦思。我买一张弹簧垫子搁在箱子上,这能叫睡箱子吗?二民,你说说看,我让咱妈睡席梦思,你心里是不是还硌得慌?你要还硌得慌就是你自己的事了,跟箱子就没关系了。"

二民不响了。

五民撩开床单,看看床下的箱子,直起腰来,什么也没说。四民也跟着看了看,把手搁在母亲腿上,似乎表示着没法子了,只能这样了。

母亲说瞎花钱,给弄个草垫子吧。

张大民笑着,羞愧地搓了半天手,好像上面打满了肥皂一样。

"妈,咱就席梦思了……咱该摆桌子了。折叠桌直径九十厘米,三民的床和妈的床隔着六十厘米,二民的床离门口只有三十厘米,摆在哪儿呢?告诉你们吧,我把它摆在三张床的接合部,离二民的床更近一些。你们不用看,也别怀疑,我早就画过图了。我把鞋盒子剪成卡片,代表缩小的家具,摆过一百零八遍了。晚上,中间是一块布帘,外边男里边女。白天,把布帘拉开,支上折叠桌,吃饭的吃饭,做功课的做功课,高兴了还可以打打牌。又到了晚上,把折叠桌折起来,把折叠凳也折起来,统统放在门后头去。这样,夜里起来就不会绊倒了,也不会因为绕来绕去踩到尿盆上面了。真的,你们听我的吧!我摆过一百零八遍了。"

"折叠桌放在门后头……门后头的冰箱放哪儿呢?"

五民目光真诚,充满信服与困惑。

"五民,这就牵扯到敏感的问题了。你往这里看。你和三民的双层床摆好以后,到这个地方。那边是里屋的门框。中间的距离是五十五厘米。你知道冰箱的宽度吗?五十五厘米!什么叫活见鬼?这就是活见鬼了!我不把它摆在这个地方都对不起它了。可是冰箱不是五斗柜,它是要出声儿的。过一会儿嗡一下,牌子又老,嗡得越来越勤了。听,又嗡了,还哆嗦!太敏感。你和三民只好委屈一下了。尤其是三民,喜欢头朝外睡,以后不得不脚朝外了。如果他不怕嗡,脚心怕着凉,继续头朝外也没有什么不可以。不过我还是建议三民脑袋离冰箱远一点儿。嗡一家伙,你知道什么东西冒出来了。三民,你说是不是?"

里屋没有动静。大家的注意力刚放松,咚一声,三民的脑袋从里屋伸到外屋,脸有点儿白,气有点儿粗,受了辱的样子。他嗓门儿很高,不过没提冰箱,提的是另一件家用电器。

"电视放哪儿?"

张大民愣住了。

"你把三屉桌搬到里屋当梳妆台,我没意见。你把电冰箱搁我脑门子上,我也没意见!可是,三屉桌上的电视放哪儿?放哪儿!"

张大民真的愣住了。他把十八英寸的昆仑牌彩色电视机干干净净地忽略掉了。他在心里朝自己怒喝,比三民的声音还大,放哪儿放哪儿放哪儿哪儿哪儿,满腹回声不绝。

"三民,急什么?不就是嗡一下嘛。"

"……电视放哪儿?"

"我天天拿手抱着它,都解气了吧?"

张大民在切菜板的四个角上紧了四条螺栓,在四条螺栓上拧了四根铁丝,然后在切菜板的四条螺栓和四根铁丝之间摆上了电视机。然后……然后,张大民就把这个黑乎乎的呆头呆脑的东西挂在外屋的房梁上了。

婚礼比较寒酸,但是这台空中电视机成了众人惊喜和赞美的中心。张大民撇开新娘子,站在切菜板底下讲解了半个小时。他一会儿拔掉天线,一会儿拔掉电源线,就像忙着给自己挑选合适的上吊绳似的。

曲终人散,新人入了洞房。终于结婚了。终于把所有人挡在门外,赤条条地爬上只属于两个人的双人床了。张大民跪在床脚,像急等着跑百米,又像刚刚跑完了马拉松,百感交集,眼神儿像做梦一样。李云芳在床头徐徐劈叉,不久便把自身劈开在咫尺之间了。

"大民,你爱我吗?"

"我不爱你,我费这么大劲干吗?"

两个人扎扎实实地过上幸福的生活了。

第二年七月,下了三场大雨。下第二场大雨的时候,大杂院的下水道让一只死猫堵住了。三民用雨衣罩着第十一位女朋友,情意绵绵地湿乎乎地来到家门口。哇!女的尖叫了一声,跳起来足有半尺。张大民正在舀水,屁股上坠着三角裤衩,像一块破抹布,听到声音连忙蹲下了。小院儿变成了游泳池,中间横着一块跳板,跳板旁边的水面上浮着一个洗脸盆和一颗脑袋。脑袋水淋淋的,没有表情,仿佛脱离了身体而单独漂在那个地方。只凭一声叫唤,三民的第十一位女朋友就给张大民留下了十二分恶劣的印象。挑来挑去,八亩地的萝卜都挑遍了,就挑了个这!哇,不是味儿。

三民牵着女友踏上跳板,像离船走向码头,更像离开码头登船。屋里黑洞洞的。雨声轰鸣,水势悄悄上涨,小船就要在风雨飘摇中沉没了。哇!张大民又听到一声尖叫。小姐刚上船就把接雨漏儿的尿盆踩翻了。

三民来到雨中,一边帮着舀水,一边报告了一个沉重的消息。他说哥,我在家具店订了一张双人床,钱已经交了。空中一串儿炸雷滚过,张大民缩着脖子哆嗦了好几下,就像双人床正从天上轰轰隆隆地砸下来一样。三民的裤衩是白的,跟光着屁股差不多。张大民不想说话,只想狠狠地踹这个屁股,把它踹出去,踹到摆着双人床的家具店里去!

"哥,帮我想想办法,摆哪儿啊?"

"不接着挑了? 累了?"

"怎么挑也是剩下的,好赖就是她了。"

"一惊一乍的,行么?"

"习惯了,还行。"

"看着挺妖的。"

"长的就那德行,其实不妖,挺懂事的。看电影老掉眼泪。我不跟她好,她就钻汽车轱辘,挺懂感情的。这是缘分。反正双人床已经买了。我睡外边,睡里边的肯定就是这位了。她是巫婆是蛤蟆,我也不换人了。"

"买床急什么?家具店又塌不了!"

"我的水也开了,我也要灌暖壶。哥,你选好了地方,明天我雇辆三轮儿把它拉回来,后面的事就不用你操心了。"

"别雇三轮儿,贵着呢。我替你把床背回来,你自己找地方得了,行不行?"

"不行。运的事你别管。你就管摆,一家子数你会摆。你让我摆哪儿我就摆哪儿。你不给我摆,你不管我,我就不结婚。"

"废话,摆茅房去,你去吗?"

"不去。"

"你不去我去。明儿我上茅房住去。茅房不让住我住耗子洞,耗子洞不让住我住喜鹊窝,鸟窝不让我住我住下水道!我他妈钻下水道找死猫就伴儿去!我……"

"哥你冲我发火,你冲着大街嚷嚷什么!"

"我乐意!"

张大民跳到门口,在风雨中大喊大叫。他的无名火来势汹汹,满口胡说八道,三角裤衩朝膝盖方向慢慢滑去,半个黑不溜秋的屁股都露在外边了。

"明儿我睡茅房睡警察楼子,我乐意!"

屋里咣当一声,然后是——哇!小姐不长眼,也不长记性,又在相同的地方把那个接雨漏儿的倒霉的尿盆踢翻了。

哇!

让暴风雨来得更猛烈一些吧!

有人要住茅房啦!

事后,张大民向邻居解释,他说的是气话。他明白茅房是干什么用的,总而言之不是睡觉用的。如果是自己家的茅房,住一住倒也罢了,用双人床堵塞公众的出口,不合适,也不道德。他真的不想住茅房!大家别担心,天一亮,茅房挂上绣花窗帘了,或者挂上锁头了,这种霸道事根本不会发生。母亲可以作证,从小到大,只有憋不住了他才去茅房,但凡能撒在尿盆里,撒在墙旮旯,他根本不去那个大家都爱去的地方。他怎么可能住在那儿呢?

母亲搭腔说这是实话,他怕蛆。

茅房问题解决了。双人床问题搁在老地方,谁也没有办法。第三场大雨倾盆而下的时候,张大民半夜醒来,眼珠儿一转,想出了一个办法,打了个哈欠,又想出了一个办法。他揉揉李云芳的肚子,不醒,又捏捏她的奶头儿,还是不醒。他就不想跟她讨论了。

他等着第三个办法从灵魂深处爬出来,默默地躺了一会儿,没有动静。他睡不着觉了。他摸到厨房喝水,没摸到暖瓶,摸到了一把头发。闪电在雨夜中划过,头发下面是三民的脸,发呆、发绿,还有点儿发蓝,像一颗刚刚摘下来的挂着绒儿的大冬瓜。张大民刚要发作,嗓子突然一堵,觉得再这样愁下去,三民就要出人命了,双人床就要杀死他可怜的弟弟了。

"干什么呢你,不睡觉?"

"不敢睡,一闭眼全是腿儿。"

"什么腿儿?女的?"

"不是……是马。一大群马跑过来,扑棱扑棱的,全是马腿儿。一闭眼没别的,全是咖啡色的马腿儿!"

"三民,你有病了。"

"跑近了一看,不是马腿儿。"

"什么腿儿?"

"床腿儿,数都数不清。"

"三民,你真的有病了。"

"哥,我没病。"

张大民给三民点了一支烟,自己也点了一支烟,一边抽一边叹气,听着风声和雨声,觉得生活——幸福的生活——让一群长了蹄子的奔腾的双人床给破坏了。

"我没病,可是我很难受。"

"你哪儿难受?"

"我说不出来。"

"得说出来,憋着不说就长瘤子了。"

"就这儿……两根眉毛中间,偏上一点儿,裂了一条缝儿,很难受。昨天下午,我找我们领导谈话,我找我们领导借房子,我……我找我们领导谈借房子的事,我找我们领导……找我们领导……"

三民掉泪了,抽搭了几下。

"快说,别憋着!"

"领导对我很好,问我你排队了吗?我说我排队了。他说好同志,好青年,你慢慢排着吧,如果中间没有人加塞儿,到21世纪上半叶你一定可以分到自己的房子了。我一听,我的两个眉毛中间……就裂开了!"

"张着嘴请人往里塞大粪,你自找的!"

"……我说我可以加个塞儿吗?领导说你是好同志,好青年,你不能加塞儿。我说小王怎么就加塞儿了?来得比我晚,干得没我好。领导说……领导说你知道小王的爸爸是谁吗?我一听脑门子咔吧一下,两个眉毛中间就完全裂开了。哥,我难受极了。"

三民又落泪了。

"我也难受。可是,让咱妈现给你找一个长翅膀的爸爸,好像是来不及了。你当时就跪下来,认你们领导当干爸爸,人家未必就缺儿子,好像也来不及了。有本事你好好干,有朝一日让他们给你当孙子,你就有房子了,也就不难受了。那时候,好同志,好青年,我的好弟弟,已经是二十一世纪的下半叶了,你还知道什么叫难受什么叫不难受吗?"

"我脑袋都裂两半儿了。"

"我给你治。"

"你怎么治?"

"我铆足了劲抽你大嘴巴!"

三民不吱声了,狠狠地撸了一把鼻涕。张大民挪到厨房门口,隔着水坝似的门槛朝外看了看,积水不多,离警戒线还早着呢。他把烟屁股丢在雨里,小火头儿哧一下就不见了。

"三民,我有办法了。"

"你有什么办法?"

"我想的不成熟。我一直在琢磨要不要告诉你。想来想去,我决定还是告诉你。这样对你的心情有好处。你老想床腿儿凳子腿儿，钻进牛角尖儿就出不来了。你应当钻到别的地方试一试。下水道堵了一只死猫，那是死猫，你一钻说不定就钻过去了。不是真钻，是打个比方，说明一种态度。咱们这种人不能靠别的，靠别的也靠不上。只能靠东钻钻西钻钻，上钻钻下钻钻。本来没有路也让咱们钻出一条路来了，本来没有地方搁双人床，使劲儿一钻，搁双人床的地方就钻到了。三民，我的办法其实很简单，我都不好意思说出口。咱们家不是有双层的单人床吗？"

"你的意思是……"

"把两张双人床摞起来。"

"把两张双人床摞起来？"

"对，把两张双人床摞起来！"

"我做梦也没想到……"

"我没做梦就想到了。"

"……摞起来？"

三民小声笑着，自己问着自己，很兴奋，搓了半天手。不过，他很快就沉默了，大概看清了摞起来是件很严峻的事，一点儿也不值得高兴。他摇头，叹气，抱紧两条胳膊，好像刚刚被奔驰而来的床腿儿踩了肚子一样。张大民也沉默了。他闻到了一股馊味儿。摞起来确实不是一个好主意。初想也还不错，似乎大大地节约了面积,深入地想一想就不行了。摞起来的双人床不光摇摇欲坠,一关电灯它还没完没了地叫唤,咯吱咯吱咯吱的,粗俗,没有教养,还下流!两口子独自咯吱也罢了。关上门,悠着点儿,是一种本分。四口子一块儿咯吱,上咯吱下也咯吱,自己不咯吱也得听别人咯吱。多么无耻,多么伤神,而且成何体统啊!张大民直纳闷,这么不要脸的办法是怎么想出来的?他真想铆足了劲给自己一个大嘴巴了。

"三民,我这儿还有一个办法。"

"你还有什么办法?"

三民捂紧脑门儿,好像有点儿害怕。张大民给三民续了一支烟,自己也续了一支烟,一边抽一边问自己,说好呢还是不说好呢?不说吧,好歹也算一个办法,说了吧,还是一个不要脸的办法!床没地儿摆,身子没地儿放,单单要张脸搁哪儿呢?说了算了。不要脸就不要脸了。豁出去了。

"摞着摆不合适,咱挨着摆!"

"挨着摆?"

"我们的床挨着你们的床。咱不摞着了,不分上下了。咱分里外。你们是新婚,你们在里边。我们在外边。我们是老夫老妻了,脸皮有冰箱那么厚了。我们把双人床摆在你们的双人床旁边,不知你们的心里怎么想,反正我们是不在乎了。真的,你嫂子我不敢打保票,我本人没问题,我的脸皮已经很厚很厚了,什么场面都那么回事儿了。"

"挨着摆不就成大通铺了吗?"

"你这么理解也不算错。"

"……不挨着不行吗?"

"你以为我们愿意挨着吗?"

"不挨着不会不行吧?"

"行不行,你听我给你分析。我的左手是我们的床,我的右手是你们的床,你看明白喽。里屋只有这么大,摞着摆可以,挨着摆塞不进去,只能摆在外屋。外屋也只有这么大,右手摆在里边,左手摆在外边,中间不挨着,你看怎么样,左手这里出了什么事?"

"出了什么事?"

"我们的床把门口堵住了!"

"……我懂了。"

"你真懂了吗?"

夜雨茫茫,张大民的手在三民眼前上下翻飞,代表着两张不幸的双人床,像两只饥饿的野兽的爪子。又一道闪电划过去,照亮了张大民的脸,是淡紫色的,也照亮了三民的脸,是深绿色的。彼此恐惧地望着,至少在一瞬之间生了怀疑,怀疑对方也怀疑自己到底还是不是人。不是人,是什么东西呢?是人,又算哪路人呢?张大民的脑袋深处又咯吱咯吱咯吱地发出声音来了。

三民的婚礼很热闹。出了风头儿的不是新郎,不是新娘,是五民。五民苦读三载,考中了西北农大,喝完喜酒便要远走高飞了。众人给新人敬酒,也给五民敬酒,都捎带着问一句,为什么考农大呢?考农大也要考北京的农大,为什么考西北的农大呢?五民含笑不语,咕咚咕咚地往嗓子里灌酒,灌着灌着就出语惊人了。

"我受够了!我再也不回来了。毕了业我上内蒙古,上新疆,我种苜蓿种向日葵去!我上西藏种青稞去!我找个宽敞地方住一辈子!我受够了!蚂蚁窝憋死我了。我爬出来了。我再也不回去了。哥,我有奖学金,你们别给我寄钱!我不要你们的钱,你们杀了我我也不回去了。我自由了!妈,你想我了到新疆去找我,我上天山的北边儿种苜蓿种向日葵去了,我给您炖羊肉炒瓜子吃!我……"

五民起初傻乎乎地笑着。众人也跟着笑,后来就不笑了。五民泪流满面,舌头发硬,眼神儿完全不对了。众人连忙打圆场,别喝啦别喝啦,再喝就该想媳妇啦!张大民把五民搡到没人的地方,想给他几下。五民脑袋一低扎在张大民肚子上就失声了。

"家里缺钱花。你们别给我寄钱!"

"你是亲生的,不是妈在大街上捡的!"

"把我的床拆下来。别让妈睡箱子了,让妈睡我的单人床吧!"

"妈睡箱子睡舒服了,睡别的睡不惯了。"

"反正我再也不睡那张破床了!"

"学生宿舍都是这种床,八个人挤呢。"

"咱们家太憋了,喘不过气来。"

"吃两勺胡椒面儿就不憋了。"

"哥,我都快憋死了!"

"你自己不找死,谁也憋不死你。"

"我想吐!"

"别吐!把后脑勺对着我你再吐!"

婚礼圆满结束了。太阳落山了。新郎张三民搀着新娘毛小沙姗姗而来,翩然如在梦中。他们推开了钉着椅子背儿的院门,走过大坑似的院子,跨过高高的门槛兼挡水坝,穿过厨房的菜味儿和油烟味儿,蹭过大哥和大嫂的床头,绕过用三合板钉的像厕所挡板似的隔断,眼前豁然一亮,不由长长地长长地长长地出了一口气。他们终于看见自己的双人床了。它在新郎的心里奔腾过。它在新郎的眼睛里奔腾过。现在,它安静了。

在三合板隔断的南边,张大民仰面躺着,比床还安静。他一只手搂着李云芳的脖子,另一只手摸着李云芳的肚子。肚子很饱满。一分钟比一分钟饱满。他们的孩子已经四个多月了。在三合板隔断的北边,贴着的都贴着,绕着的都绕着,含着的也含上了。起初是多么安静。月亮正悄悄地升上来,可是,且慢!这片黑洞洞的诗意顷刻之间就出了问题。不是咯吱咯吱。没有咯吱咯吱。甜蜜的诗意是被另一种声音蛮横地彻底地粉碎了。

哇!

这不是晴天霹雳么?

哇!

接下来就一发而不可收拾了。

哟!

啊!

咦!

呜!

呀!

噢!

妈!

她敢叫妈？那位小姐居然敢叫妈！张大民抱着脑袋，好像被人用大棒子砸蒙了一样。李云芳使劲儿往他的胳肢窝里钻，出气儿都哆嗦了。张大民先用一只手，紧接着用两只手死死地捂住了她的肚子，似乎生怕里面的孩子受到惊吓。大人都听傻了！

"这种胎教可怎么得了啊！"

张大民暗自呻吟，再一次深深地感到生活——幸福生活——让弟媳妇一连串莫名其妙的声音破坏了。他想起了五民的抱怨。憋得慌？喘不过气来？他觉得自己也快憋死了。他叮嘱自己，只要还剩一口气，必须找三民好好谈一谈了，不能再这样继续下去了。

哇！

天呐，又他妈来了。

张大民在小饭铺请三民吃饭。他点了炒腰花儿、溜肥肠儿、拍黄瓜、煮花生，又要了四两白酒。他有点儿心疼。他挣钱不多，所以很爱钱，花钱的时候特别难受。他从来不请别人吃饭，也不请自己吃饭，只有别人请他吃饭的时候他才去。吃别人请的饭，他不难受，也不心疼，胃口特别好。现在，他一点儿胃口都没有了。看着三民有滋有味细嚼慢咽的样子，自愧弗如的感觉又一次撞疼了他的心头。他应当怎样表达自己的不满呢？本想等三民度完了蜜月再请这顿饭，可是情况愈演愈烈，不得不提前破费了。

"三民，婚后感觉如何？"

"还行。哥，怎么臊乎乎的？"

"腰花儿洗的不干净。"

"我感觉还行，就是挺累的。"

"是累。有多大劲也别想一次使完。日子还长着呢，悠着点儿。"

三民红着脸得意地笑了。

"我是心累。哥，怎么臭烘烘的？"

"肥肠儿就是这味儿。"

"哥，真的，我就是心累。"

"别的地方不累？"

"不累。"

"你不是心累。三民，我了解你。你小时候的脸色就跟别人不一样。我一直在观察你，一直观察到现在。你瞒不了我。心累，你脸是绿的。干活儿累了你脸白。你脸要黑了就是吃多了，撑着了。你能瞒我吗？快撒泡尿照照你的脸，看看它现在什么色儿？"

"什么色儿？"

"跟你的床一个色儿,咖啡色的!床是咖啡色很正常,人没晒着没烫着的,凭什么跟咖啡一个色儿?你看看你的下眼皮,是发了霉的咖啡,都长蓝毛儿了。三民,我再给你点一个炒腰花儿,臊乎乎的你也得吃,多吃。你得好好补补你的肾。我认为你的心不累,你的肾太累了,搞不好已经累坏了。小姐,再来一个腰花儿,炒嫩点儿,夹点儿生最好,快啊。三民,我对你说,我是过来人,我的话你要听进去。人,不能为了一时痛快,连自己的腰子都不顾了!不顾脑袋都没事,不顾腰子,到时候你后悔可来不及了。吃吧,多吃。"

三民依旧吃着笑着,却不敢得意了。

张大民呷了一口白酒,很苦,没有他的心情苦。他应当怎样表达自己的不满呢?他还是拿不定主意。他是长子,管弟弟可以,管弟弟的媳妇可以不可以?管弟弟的媳妇的……声带可以不可以?好像不可以。但是,不管行吗?这算不算干涉别人的私生活?算不算干涉别人的性生活?可是,不干涉他们的屌生活,别人还生活不生活!他要郑重地通知三民,从今以后,谨请您的媳妇闭嘴。不许她叫唤!不许她故弄玄虚!严禁她忘乎所以地制造这种奇怪的噪音。总之,这是受害者最低最低的要求了。她哪怕唱京剧说快板儿他都可以不管她,他和云芳可以装听不见,呜呼哀哉妈呀之类的无论如何是不行了,再也不行了。

我们受不了了!

张大民含着酒,像含了一口别人的尿。三民吃得很香,满面春风,根本不考虑请他吃饭的人的心情。张大民想把尿喷在三民的鼻梁上,咕咚一声,自己给咽进去了。

"哥,再给我来一个腰花儿。"

"我带的钱……算了! 来一个就来一个。"

"刚开始臊,吃着吃着就不臊了。"

"这就叫身在臊中不知臊啊!"

"哥,你什么意思?"

"三民,你见过公鸡踩蛋儿吗?"

"听说过,没见过。"

"咕咕咯咯的,热闹着呢。"

"是吗?"

"你们比公鸡踩蛋儿还热闹。"

"哥……你到底什么意思?"

"公鸡往母鸡背上一踩,母鸡吱吱嘎嘎胡叫唤,就跟有谁要宰它似的,德行大了。"

"哥,你到底想说什么?"

三民慢慢放下筷子,笑得很难看,从耳朵到胳膊全红了。张大民不动声色,目光坦然,心里很紧张,手心儿和脚心儿都在冒汗,尾巴骨也隐隐作痛,有点儿坐不住椅子了。本想说三合板隔断北边的房事,怎么说到公鸡踩蛋儿上去了?这么说合适吗?合理吗?张大民语重心长地看着三民,给三民夹了一片半生不熟的腰花儿,觉得自己顾不了那般许多了。

"三民,你觉得幸福不幸福?"

"挺幸福的。怎么了?"

"不管多幸福,眼里也不能没别人。"

"我们怎么了?"

"大家都是过来人。吃过猪肉,见过猪跑,也跟着一块儿跑过,谁瞒谁呀!可是,为什么我们能做到的,你们就做不到呢?"

"你们做到什么了?"

"我们从来不叫唤!"

张大民很压抑,嗓音猛了些。三民木呆呆的,似乎没听懂,嘴唇上挂着一片腰花儿,就像刚刚咬掉了一块舌头。小饭铺静了片刻,不多几个人都朝这边看着。张大民有点儿不自在,压低了嗓音,眼睛却盯着别处。

"我们从来不出声儿。你嫂子什么时候叫唤过?不是不想叫唤。节骨眼儿上高兴了,脑瓜子晕了,谁还不会叫唤!高级动物么,叫唤叫唤是正常的,也是允许的。可是……三民,我得正正经经告诉你,这么叫唤,不符合国情,也不符合咱的身份。你要在外国有一大别墅,别外国了,你就是在郊区弄一小别墅,你和你媳妇都可以随便叫唤,你们把手拢在嘴上大声嚷嚷也不碍事,高兴么,舒服么,嗓子眼儿痒痒么!可是,如果七八口子挤在一间半破屋子里,我看咱们还是得慎重。不管多高兴,咱们在心里高兴。哪怕两口子都飞起来了,上不着天下不着地了,咱也别随便叫唤。你说是不是?高级动物么,只要明白了叫唤的不是地方,忍一忍,也就不叫唤。我和你嫂子已经挺过来了。你们打算怎么办?你能不能跟你媳妇好好谈一谈,照顾一下大局,告诉她不出声儿为什么,让她别那么干了,行不行?"

张大民的目光追着一只苍蝇,飞飞停停,最后很不情愿地落在三民的脸上。三民的脸发紫,嘴唇更紫,有点儿缺氧。他闭着嘴,牙疼似的皱紧眉毛,夹起一片炒腰花儿看了看,又放下了。

"我们叫唤了吗?"

"当然叫唤了。"

"真的叫唤了吗?"

"确实叫唤了。"

"那能算叫唤吗?"

"不算叫唤算什么?"

"我觉得那不算叫唤。"

"算打喷嚏?算诗朗诵?"

"我觉得我们没叫唤。"

"谁叫唤了?驴吗?"

"哥,你别激动。我还没激动呢。按你的说法,好像我们特别不懂事,特别牲口。我们的情况你了解吗?每天上床我们都互相叮嘱,小声点儿小声点儿千万小声点儿你知道吗?我趴在那儿像趴在一块豆腐上面,脑袋上顶着一碗水,屁股上也顶着一碗,好像一动弹水就洒出来了。我们容易么!我们小心得不能再小心了,我们又不是木头,控制不住了哼哼几声都不许吗?"

"那也叫哼哼?真会哼哼!"

"哥,你别激动。"

"只许你们哼哼,不许我激动?你们把自己的幸福建立在别人的痛苦之上,你们激动得连自己的叫唤都听不出来了,还不许我激动?我们也是人,我们不是木头,我们都有耳朵,我们倒想不激动,行吗?人家让吗?小姐,再来一盘炒腰花儿,别洗,越臊越好。"

"哥,我不吃了,我够了。"

"我吃!我的肾还没补呢!"

三民不说话了,捂着脑门儿叹气。张大民一边吃一边激动,一边激动一边算着花了几个钱,越算越心疼,越心疼越激动得受不了,胳膊和手抖得厉害,下巴也跟着抖,筷子说什么也夹不住东西了。

"哥,你别这样。"

"我生气。"

"你生气,我也没办法。"

"你有办法。"

"我有什么办法?"

"剥个煮鸡蛋放在盘子里,把盘子放在枕头旁边。她一叫唤,你就用煮鸡蛋堵上她的嘴,不就完了?用松花蛋也可以!她一出声儿,你赶紧拿松花蛋塞上她的嘴,不就没声儿了嘛?你在枕头底下藏一根胡萝卜也行……"

"哥,你醉了!"

回家的路上,张大民几次想吐没吐出来。他不让三民搀着,三民一松手,他就笔直地奔着马路中间去了。三民追上去拽他,他不让拽,打三民的手,冲着鸣笛的公共汽车大声嚷嚷,还笑。

"你丫叫唤什么？给你丫一松花蛋！"

回家就上床了，翻来覆去的，怎么也睡不着。他口中念念有词，听不清说什么。李云芳推他问他，他一概不理，继续嘟囔。月到中天的时候，他推醒了李云芳，想说什么半天没说出来。月光映着他的额头，表情非常痛苦，好像他整个肚子里的东西都被人挖走了。

"你怎么了？"

"云芳，亏了。"

"亏什么了？"

"他们多收了一盘腰花儿钱！"

"闹了半天你算账呢！"

"怎么算怎么不对，多收了我7块钱！"

"我给你7块钱。睡吧。"

张大民还是睡不着。三合板隔断的北边静悄悄的，静得让人不放心，好像有人故意跟他捣鬼似的。他又一次推醒了李云芳，小声说你听你听，神秘兮兮的样子令人恼火。

"听什么？什么也听不见。"

"这就对了。云芳，这说明花钱花得值，我们一点儿也不亏。我不心疼。他们多收两盘炒腰花儿的钱，我也不心疼。我们花钱买的是什么东西,他们谁也不知道,只有我们自己心里明白。多花7块钱又算得了什么呢?云芳,我真的不心疼。我就是有点儿堵得慌,这儿,就是这儿……堵得慌。不是腰花儿,好像是一个特别大的猪腰子,整着堵这儿了。"

张大民指了指脖子下边的某个地方。李云芳敷衍了事地给他揉了揉,知道他醉着,也知道他是心疼钱,又好气又好笑,真想把他从床上掀下去。

"你别嘟囔起来没完没了,快睡!"

"我睡我睡,值了太值了……这就睡。"

可惜,他想睡也睡不成了。

战斗突然之间就打响了。

哇!

噢!

张大民一骨碌爬起来,三步两步跑到院子里,一摸便摸到了垃圾桶,埋头就吐。钱白花了。他吐得很仔细,把一肚子腰花儿和一腔悲愤全都吐出来了。李云芳跟到院子里给他捶背,听见他满嘴臊烘烘的却还在不停地嘟囔,好像跟那个垃圾桶有说不完的悄悄话似的。

"没辙了。就是这个品种。谁也没辙了。人家就是这个叫唤的品种!我们得想想别的办法了。不让人家叫唤是不行了。我们要想不出好办法只好跟着人家一块儿叫唤了。云芳,你会叫唤吗?我反正不会叫唤。我跟他们不是一个品种。我是人,我不是鸟,我多高兴也叫唤不出来。怎么吐不完了?哪儿来这么多腰花儿?我想起来了,他们没有多收钱,是我多吃了一盘腰花儿。我吃了好多腰花儿,我一点儿没亏,是他们亏了。云芳,我好不容易算明白了。我花了很多钱,等于一分钱没花,你明白我意思了吗?我好像赚大了……"

李云芳把一桶凉水浇在他脑袋上。张大民嗷的怪叫一声就蹲在那儿不动了,陷入了沉思。这声叫唤响彻了大杂院,就像远处飞来了一只猫头鹰,刚一落地就踩在耗子夹上了。这个倒霉的品种也太倒霉了。

第二天早晨,张大民爬上了墙头,在上边呆立了半个小时。墙外是一棵石榴树,没有石榴,长着密密麻麻的树叶。墙皮上爬满了牵牛花,开着俗气的粉色的花朵,一些花朵开到树上去了。石榴树外面是过道,邻居们走进走出,纷纷昂起下巴,看着墙头上的人,猜不透他要干什么。他老婆有毛病,他也有毛病了吧?张大民抱着胳膊,眯缝着睡眼,不屈不挠地盯着前方偏下的某个地方,一副做梦做不醒要永远做下去的样子。往他胳膊上缝两个翅膀,这小子呼扇几下,说不定就迷迷瞪瞪飞起来了,说不定就像大蚂蚱一样飞到无边的美丽的原野里去了!总之,他要不想往外飞,戳在墙头上摆那个臭架势干什么用呢?

半个钟头之后,张大民爬下了墙头,找了一把铁锨,开始拆他们家的院墙。他把院门整着卸下来,发现墙体很松,拿肩膀头一顶,半堵墙轰隆一声就塌到外面了。一股烟尘笼罩了石榴树,就像有人在天上瞄准儿,很凑巧地往那儿丢了一颗大炸弹。张大民真的飞起来了。他不是蚂蚱,他是一架轰炸机。不知道从哪儿载了那么多仇恨,轰轰隆隆,咚咚锵锵,只几下就把他们家的院墙炸平了。家里人很默契,没有谁阻拦他,也没有谁帮助他,似乎在遵循某种秘密的部署。果然不出所料,对门儿邻居家的大儿子跳出来了。

"你丫干吗呢你?"

"我拆墙呢。亮子,你有事儿吗?"

"你丫拆墙干吗?"

"憋得慌,透透气。"

"有你丫这么拆的么?"

"拆慢了,怕你跑出来帮忙。快点儿拆,等你跑出来帮忙,已经拆完了,想帮忙也帮不上了。没别的意思。亮子,我是不想麻烦你。屁大的事儿,我自己撅撅屁股就干了,不麻烦你了,你快点儿回家歇着去吧。"

"谁跟你丫贫呢?"

"你不歇着,帮我捡砖头得了。"

"捡你丫的毡耙头儿!"

"别!你给捡了我上哪儿撒尿去?"

"你丫到底想干吗?"

"不好意思,想盖间小房儿。"

"你丫是蛆呀还是屎巴橛子?茅坑儿大的地方也想盖房!石榴树戳这儿,你丫往哪儿盖?我看你丫往哪儿盖!"

"亮子,您就别操心了。"

"想砍树是不是?你前脚砍我后脚就告办事处去,罚个千儿八百的,罚死你丫的!大民,我说话算话,你丫信不信?"

"我信,我怕你。"

"怕我就别砍树。"

"我不砍树。"

"怕我就别往我们家这边盖!"

"怕你我也得盖。离你们家还远着呢。我不砍树。我真的不砍树。我把石榴树盖在房子里,让它从房顶中间穿过去。我整个早晨都在想这件事。这件事对谁都没有坏处,对你也没有坏处。你快点儿告到办事处去,就说这个爱树的绝着儿是你琢磨的,他们一感动说不定能奖你个千儿八百的。我一分都不要。我的目的不是钱,我只想盖一间四平方米的小屋,把我的双人床摆进去。亮子,我说的是真心话。办事处和居委会每年都评爱树模范。这个荣誉我不要,我让给你了。一棵破石榴树,看把你急的,眼珠子都快瞪出来了。亮子,我觉得不管办事处给你点儿什么,不管给多给少,哪怕他们不搭理你呢,你都是当之无愧的了!我不砍树。我把它盖在我的房子里。这个主意就像你给我出的一样。我觉得咱们俩完全想到一块儿去了。我要替这棵石榴树请你喝啤酒,我……"

"傻×!我抽你丫的你信不信?"

"你抽我干吗?"

"我这就抽你丫的你丫信不信?"

"咱别急,咱先抽支烟吧。"

张大民递出一支烟,被打飞了。他追过去弯腰拾起来,吹了吹土,自己点上,愉快地吸了一口,又愉快地吸了一口。他笑得很友好,心说你才傻×呢,你不抽我事情还麻烦了呢。亮子高高大大,在轧钢厂做翻砂工,是个塔一样的人。两个人站在一起,就像一头驴和一头象站在一起,前景很不美妙。张大民略微有些担心,他要真抽我,我受得了吗?把我牙打掉了怎么办?把我鼻子打歪了怎么办?他一边抽烟一边得出了结论,受不了也得受着,打成什么样儿是什么样儿,为了双人床为了安宁为了受罪的耳朵根子,豁出去了。他故意把烟屁股扔在对方脚边,抬眼看了看蔚蓝色的天空,就像抓紧时间抒发最后一下的烈士一样。

我……我我我要豁出去了!

"亮子,知道什么叫主航道中心线吗?"

"我知道你媳妇裤裆里的中心线!"

"嘴这么糠,你不抽我我都得抽你了。"

"抽我?你丫敢!"

"我不敢,你敢。你不是想抽我吗?我站在这儿,我让你抽,你随便抽,我要哼哼一声儿我都不是人!可有一样儿,咱俩现在就说清楚,你抽完就完了,我转过身儿去盖房,你可别吱声儿。你要吱一声儿你都不是人养的,你就是王八蛋!"

"我拿砖头花了你丫的!"

翻砂工终于暴跳起来了,真的捡了半块砖头。张大民心头一惊。他用砖头拍我脑袋怎么办?他把我拍成了大傻子怎么办?翻砂工的眼神儿稍稍往旁边躲了一下。张大民备受鼓舞,脑袋又烈士一样昂起来了。

"你花！我把脑袋搁这儿,你快花!"

"……我拍死你丫的!"

"拍扁了我我也得盖房。树南边2米多,我占1米,还剩1米多,长两条腿儿的长俩轱辘的都能过去,你有什么不乐意的？这棵石榴树是我爸种的,我把它盖在屋里,是对我爸的纪念,你凭什么说三道四？"

"废话！我妈胖,你丫装不知道!"

"你妈胖跟我有什么关系？"

"废话！我妈胖,我妈过不去!"

"一米多,你妈过不去？汽油桶都能过去,你妈过不去？你妈腰围四尺四,是腰围！展开了量摊平了量,四尺四当然过不去,一围不就过去了吗？四尺四也甭除四,也甭除了,你就除以二,能过不去？两个你妈都过去了！当然,其中一个得侧着身子……亮子,你认为我分析的有道理吗？"

翻砂工站在废墟上浑身哆嗦。

"我妈腰围多少？"

"四尺四,胡同口儿裁缝说的。"

"你丫再说一遍!"

"不是四尺四?四尺六?"

"你丫敢再说一遍?"

"四尺八?"

"我他妈……"

翻砂工要哭出来了。

"真是四尺八?那就不好办了,两个妈都得侧着身子才能过去了。"

"我他妈碎了你杂种操的!"

啪!

不轻不重,犹犹豫豫,却发出了很乖巧的一声——啪!张大民脑袋嗡,跟有回声一样。他记得躲了一下,可能没躲好,躲到砖头上去了。黏糊糊的东西淹住了一只眼,他用另一只眼哀怨地看来看去,看见了许多胳膊和许多腿,发现自己不知何时已经躺平了。他真的把我给拍了。他怎么真的把我给拍了,像拍一个生西瓜一样?张大民听见了亮子的胖母亲在骂人,没骂别人,是骂自己的儿子不是东西不是人揍的,骂得很纯朴,听不出有指桑骂槐的味道。血还在流。完了,他把我的主要血管给拍破了,我要死了!听见有人想去派出所,张大民拼命挣扎,睁大了那只独眼,像扭亮了一个电灯泡,照照这边,照照那边。

"谁想去派出所？去派出所干吗？谁去派出所我跟谁急！谁报案我跟谁玩儿命……"

许多只手把他抬起来了。这些手要把这个英雄人物抬到医院的急诊科里面去。张大民听见了母亲的哭声和李云芳的几声抽泣。他从那些手上抬起头来，把那只血淋淋的眼睛和那只干净的眼睛一块儿转过去，鬼使神差地摇着一条胳膊，就像革命者要远走他乡了。

"没关系！一切都会好起来，明天就开始干！妈，你把砖头挑出来，摞在树旁边儿。云芳，把你们家那袋水泥也搬过来，上小山子他家借两个瓦刀……等我回来！我没事。我感觉很好。你们抓紧时间准备吧……"

不到两个小时他就自己走回来了。他脑袋特别大，有篮球那么大，缠满了纱布，只露着前面一些有眼儿的地方，别的地方都包着，连脖子都包着了。其实只破了一个小口子。医生不给缝，他偏要缝，医生就不缝。不光不给缝，还不给包，打算用纱布和橡皮膏糊弄他。他偏要包，医生就不包，他死活也要包，不包不走，医生一着急，就把他的脑袋恶狠狠地彻底地包起来了。他要再不走，医生就把他的屁股也一块儿包上了。张大民很高兴，进了大杂院就跟人喧，做出随时都准备晕倒的样子。

"没事!就缝了十八针,小意思。别扶我!摔了没事,摔破了再缝十八针,过瘾!我再借他俩胆儿,拿大油锤夯我,缝上一百零八针,那才真叫过瘾呢!你问他敢吗?我是谁呀!我姓张,我叫张大民,姥姥!"

他一头撞进亮子家的屋门,示威似的举着大白脑袋,把亮子肥硕无比的母亲吓得倒吸了一口凉气。

"大妈,亮子呢?"

"上夜班了。"

"回来吗?"

"不回来了,住集体宿舍了。"

"哟,我这儿还缺个和泥的呢。"

"把他叫回来?"

"算了,别吓着他。"

"今儿这事儿……"

"大妈,我们闹着玩儿呢您看不出来?"

"大民子,你说我裤腰四尺八,不是寒碜我嘛!记住喽,我的裤腰不是四尺八,是三尺六!往后别胡咧咧。"

"太好了,来三个您也过去了!"

张大民的宫殿就这样落成了。床架子勉勉强强塞进去,放不下床屉,让石榴树挡住了。张大民抽了半盒烟,想出了一个好办法。他把床屉竖着锯开,在两边各挖了一个半圆,像古代用刑的木枷,往床架子上咔嚓一合,犯人的脖子——那石榴树就从双人床中间长长地伸出来了。为了适应这种独特性,李云芳对褥子、床单等床上用品进行了适度的改造。她还往石榴树上糊了一层白纸,让树干与墙皮保持近似的颜色。屋里剩了窄窄的一条儿,什么也放不下,就搁了一盆绿萝,顿时春意盎然。邻居们过来参观的时候,张大民正趴在床底下,两条腿伸到门外边。大家问你干什么呢,他不说话。又问你趴在那儿干什么呢,他才轻轻地叹了一口气。

"我给石榴树浇水呢。"

两口子躺在这张床上怎么也睡不着觉。第一个晚上成了节日。张大民躺在外边,李云芳躺在里边,中间是那棵石榴树。他们说呀,笑呀,说到要紧处,李云芳还掉了几滴眼泪。他们坐起来,躺下,又坐起来,再躺下,还是丢不开这棵石榴树。它愣磕磕地竖在两个腰之间,真是太奇怪了,也太有趣了。李云芳把一条长腿搭在树上,用手指头寻找张大民的伤疤,在头发里摸了半天也没摸着。

"你那十八针呢?"

"我也找呢,我的十八针哪儿去了?"

"坏!半夜,这棵树可别吓死我。"

"一睁眼,嘿,插了个第三者!它要是男的,我哪儿打得过它呀!"

两个人叽叽咕咕笑到小半夜。张大民把手放在李云芳肚皮上,发现又鼓了不少,儿子正茁壮成长呢。他的手像一条挂了帆的小船,沿着主航道中心线向下游驶去,向美丽的湍急的下游驶去,驶去,驶去了。

哇!

怎么回事?张大民问李云芳你跟谁学的,你也有毛病了吗?两个人抱着脑袋,无声地笑成了一团。张大民甜蜜地叹息着,把李云芳的耳垂儿叼住了。

噢!

"云芳,学坏可太容易啦!"

两个人又过上幸福的生活了。

有了自己的房子,房子里还有一棵树,张大民和李云芳就觉得万事俱备只欠东风了。他们为肚子里的孩子取名——张树,然后踏踏实实地等着张树准点儿爬出来,与肚子外面的这棵树会合。等得无聊的时候,张大民又有了新的牵挂,发现两个人挣钱两个人花和两个人挣钱三个人花不是一回事,是完全不同的两回事了。他把死期存单摆在床单上,把活期存折放在枕头上,左手拿着现金,右手攥着国库券,依照不同的顺序一遍一遍往上加,越加越无法控制情感,对钱的热爱像潮水一样涌进胸膛,一直涌到了嗓子眼儿,让他数着数着就数不出声音来了。钱真好,真是好,就是好,只是太少了,再多一点点就好了,不过多那么一点点一点点也还是太少了。

他们的积蓄很分散,加起来只有九百八十元,颠三倒四加了无数遍还是九百八十元,世上有那么多公母,钱却没有公母,否则处境就会大不一样了。张大民盯着李云芳奇妙的大肚子,承认了自己的限度,知道自己没有别的本事了。不过他又立刻安慰自己,钱是有公母的,钱要没有公母,利息从哪儿来呢?他想算算九百八十元的利息,算不出来,小家伙难产了。

钱好是好,少了就不好了。

他们婚前没有积蓄。他们跟多数穷孩子差不多,挣了薪水交给父母,自己不留钱,花多少要多少。张大民和李云芳稍有不同,是两种风格。李云芳娇气,想花就要,随花随要。张大民不是这样。张大民是这样——他根本就不花钱!除了买饭票,他连根冰棍儿都不买。不想花当然不想要,不想要想花也不要。他对钱的珍惜是从骨子里来的,又渗到血管里去了。后来上夜班熬不住,染了烟瘾。烟德却不好,从来不敬烟,又染上蹭烟的瘾,比烟瘾还大。

他只抽四毛钱以下的烟,通货膨胀以后他自己也没有膨胀,长时间在一块钱以内一盒的水平伤感地徘徊。他为花钱抽烟难受,在别的方面就更不肯花钱了。

婚后他们建立了自己的财政系统。先由李云芳负责,她也爱钱,可是爱得不深,钱也不知都逃到哪儿去了。后来张大民篡权,把爱洒向每一个角落,像磁铁一样,一分钱一分钱又一分钱,纷纷被他吸过去嘬过去,情况就大为改观了。只攒了九百八十元,不是不狠心,是挣得不多的缘故。一个月不到一百块,拿了多少年?每月每人交伙食费三十元;孝敬双方老人各二十元;支援五民读书十五元;他抽烟不到十五元;她怀了孩子每个礼拜吃一只鸡腿儿加起来绝对不止十五元;洗个澡一元;剃个头又一元;她的头不止一元;她去医院让大夫摸肚子,骑不了车,坐公共汽车公共电车再换地铁,来回多少元?他不能不陪她去医院让大夫摸肚子,也骑不了车,来回又是多少元?如果挤不上车打出租车,再碰上个比你还爱钱的司机拉着你兜圈子,那可真要了人的命了,那就是血流不止了,什么也剩不下了。

九百八十元,是一堆金子。

第二年春天,天气还有点儿凉,张树先来到医院,然后就回到那棵石榴树身边去了。他大声哭着,特别不高兴,对生活特别有意见,闭着眼就是不睁开。张大民扒张树的眼皮,先扒开一只,扒了扒,又扒开一只,把他乐得嘴都合不上了。

"我儿子是个天才,他拿眼斜我呢!"

天才更愤怒了。大杂院的猫寻声凑过来,五六只,七八只,高高低低挤了一窗台儿,都歪着脑袋往里看,想研究研究这只猫凭什么跟自己不一样,凭什么叫得这么傻,想吃老鼠了吗?

"真是个天才,眼珠儿还动呢!"

眼珠儿要不动这位就是棵死树了。

李云芳不下奶。那么好的身材,该凹的凹,该凸的凸,就是不下奶。张大民心里直哆嗦,花钱如流水的岁月终于来到啦!他买了五条鲫鱼,五个猪蹄儿,熬呀熬呀,把李云芳的脖子都给灌长了,还是不下奶。母牛不下奶,能叫母牛吗?张大民很纳闷,只好向真牛求救,给儿子订了几袋儿鲜奶。不行,张树拉稀,拉一种像芥末油一样的稀。马上换奶粉,还不行,改拉一种白色的像色拉油一样的稀了。张大民在商店里痛苦地转来转去,把钱包都攥出汗来了。这不是欺负我嘛! 这不是欺负我不趁钱嘛! 他一咬牙一闭眼,买了一桶很贵很贵的美国奶粉,捧回家刚刚迈进家门的时候,整个人看上去都快不行了。

"我让你拉! 我让你拉!"

他如丧考妣,像捧着一个骨灰盒。张树还算争气,也有良心,没往死里逼他爸爸。他吃了这种奶粉就踏实了。他停止拉稀,开始拉黄酱,灿灿的,软软的,黏黏的。懂行的都说,这是好屎,是屎中最正常的一种屎,谨向你们表示最衷心的祝贺了。

"我儿子是个天才,都会拉人屎了!"

张大民想笑,一捏钱包,发现还没到笑的时候,且得哭一阵儿呢。吃中国奶粉拉稀,吃美国奶粉不拉稀,什么肠子!三天吃半桶,五天吃一桶,九天吃两桶,什么肚子!崇洋媚外不说,一桶桶吃下去,哪天断了顿儿,就该吃他的中国爸爸了。

张大民蹲在地上算账,把钱没完没了地扔给美国的牛奶公司,不如把钱一次性地扔给自己家的奶牛。他握握李云芳左边的乳房,又握握李云芳右边的乳房,就像给自己挑馒头,又嫌馒头太大,生怕一口把自己给噎死。奶牛绝对是好奶牛,只不过哪个零件出了问题,有根筋没有转过来。他又买了五条鲫鱼,五个猪蹄儿,炖啊炖啊,灌哟灌哟,两个乳房像两个乳白色的气球一样涨起来,还是不下奶。他气势汹汹地拎回来一个王八,摔在菜墩子上,举刀就剁,大卸了八块也不住手,接着剁,咚咚咚咚,就像什么也没剁,只是砍菜墩子,砍一个怎么砍也砍不动的菜墩子。李云芳一听就明白了,王八便宜不了。

母亲说我菜墩子还要呐。

二民也给震得不高兴了。

"你媳妇不下奶,你拿王八撒什么气呀!王八招你惹你了,剁那么碎干吗?"

"知道多少钱一斤吗?"

"多少钱一斤也没听说拿王八吃馅儿的。"

"我还吃它骨头呢!"

"有这么节约的吗?"

"它没长毛,它长毛我连毛一块儿吃!"

"知道的是剁王八,不知道的还以为你剁媳妇呢。不就是不下奶么。你剁王八王八也不下奶,王八就是王八。明儿我给我侄儿买几桶美国奶粉,贵就贵,谁让他倒霉呢,摊上个没奶的。"

"二民,你别来劲!"

李云芳在床上想,不是省油的灯啊。

张大民不剁了,端着刀运气。母亲说剁差不多行了,得有二两木头末子了。二民躲进屋里,还嘴硬,嘟嘟囔囔不肯罢休。

"本来就是!整天鱼啊鱼啊,吃了多少鲫瓜子了?你给咱妈买过吗?咱妈半年都吃不上一回鱼!又来王八了,成皇后了!你心那么细,买好的吃也想着妈点儿,比什么不强!我来什么劲了?

我就是看不惯!"

张大民哑口无言。他看着菜刀,想把它举起来,在自己后脖梗上狠狠地来一下。他脑袋一昏,就说起胡话来了。

"妈又不下奶!"

"可妈是妈!"

"我上个月刚买过一回鱼!"

"那不叫鱼!"

"就是鱼,是带鱼!"

"比表带儿宽点儿有限!"

"那也是带鱼!"

"还是臭的!"

"不赖我,我钱不够!"

"买王八够!"

"二民,你跟我来劲!"

"你媳妇才来劲呢!"

母亲说小兔崽子你们都给我闭嘴!

张大民和他的妹妹张二民都不想闭嘴。张大民发现张二民越来越古怪了。张大民急了。张大民知道应该说什么了。

"二民,你不就是嫉妒云芳嘛!你从小儿就恨她,闹了半天现在还恨她,恨得连虎牙都快长到门牙这边儿来了。小时候,别人叫她大美妞儿,叫你丑八怪,你就哭。哭有什么用?哭得眼泡儿都大了,到现在也没消肿。她腿长点儿,你腿短点儿,有什么关系?长的短的不都得骑着自行车上班嘛,她骑28,你骑不了26骑24,腿再短点儿有22,你怕什么?你嘴大点儿,她嘴小点儿,这有什么要紧?她嘴小吃东西都困难,恨我了想咬我都张不开牙,哪儿像你呀,一嘴能把我脑门儿给咬没喽,她应该嫉妒你,你说是不是?你头发比她黄,比她少,再黄再少也是头发,也没人拿它当使了八年的笤帚疙瘩……"

母亲说给我闭上臭嘴!

二民趴在床上哇呀一声就哭起来了。

张大民听着,又回到了童年,回到早已消逝得无忧无虑的甜蜜岁月中去了。

"二民,你还跟我来劲吗?"

"活该活该!没奶活该!"

"二民,你还买美国奶粉吗?"

"没钱活该!报应报应!"

"二民,你别哭。你敢买我们也不敢吃。我还怕你往里边儿掺耗子药呢!"

二民哇呀呀呀哭得更加惨痛。母亲说老大,你个混账东西,越说越没谱儿了!张大民耷拉着脑袋,拎着菜刀,盯着被剁成肉酱的王八,喘气越来越粗,越来越急,似乎要当着母亲的面抹脖子剖肚子以表明心迹,让母亲亲眼看看他的赤胆忠心和满腹柔肠。

"妈,冰箱里还剩一条鲫瓜子。您想红烧还是清蒸还是糖醋?我这就给您做。"

母亲说把我奶打下来你喝吗?

张大民热泪盈眶,什么也不想说了。他把煮好的王八端给李云芳,她老半天不敢张嘴。它颜色发红,稠糊糊的,像山楂酱或草莓酱一样,散发着生猛的腥味儿,里面还掺杂了一小股清新的甜丝丝的菜墩子的味道。

"吃吧,这就是偏方上说的王八膏子了。"

"对不起。大民,真对不起。"

"对不起我没事,你得对得起这个王八。"

"要是还不下奶怎么办?"

"你说呢?让张树嘬嘬我的奶头儿试试?"

"真对不起了!"

一夜无话。天快亮的时候,张大民被哭声惊醒。他翻身爬起来,发现不光孩子在哭,孩子的妈也在哭。李云芳楚楚动人地看着他,表演似的把手往乳房上一搭,嗖,一股奶射到石榴树上,再一搭,嗖嗖,两股奶白花花的一块儿射到石榴树上,整个屋子都让浓烈的奶香塞满了。张大民抱紧李云芳,觉得不妥,分开又舍不得,就用自己的手换掉她的手,嗖嗖嗖,把奶水喷了一脸。本来有跟着哭一鼻子的念头,这么一闹分散了注意力,也弄不清湿乎乎的鼻梁上有没有自己的泪珠儿了。

"您的下水道堵的时间也太长啦!"

"大民,真对不起你。"

"别往树上滋了,快换一棵树吧。"

张树叼住奶头就不撒嘴了。

"真是天才!我还没教他他自己就会了。"

"大民,我想吃鸡腿儿。"

"知道我兜里还剩多少钱吗?"

"多少钱?"

"4块钱。买鸡爪子可能还够。"

"那就给我买两个凤爪吧!"

"凤爪也贵。云芳,你吃鸡脑袋吗?"

"鸡脑袋有毛。"

"我给你买两根鸡脖子吧?"

"不用了,我一想就没有食欲了。"

"我也是。我都起鸡皮疙瘩了。"

"我现在不想吃鸡腿儿了。"

"我赞成,想吃以后再吃。"

两个人头挨着头,亲嘴儿,叹气,接着亲嘴儿,继续叹气,显露了幸福过后的疲乏。张大民仍然平静不下来,为李云芳湿润的奶头儿激动,也为李云芳想吃鸡腿儿的念头而困惑。他自己什么都不想吃。现在,有张树一个人吃就够了。亲娘的奶水终于把美国奶粉打败了。不对!是一只中国的王八,一只变成了糨糊的大王八,把美国的牛奶拖拉斯给彻底击溃了。它们再也别指望从张大民的裤兜里往外掏钱了。谢天谢地,孩子的妈通啦!

我们自己有奶了!

两个人亲嘴儿亲得牙床子都疼了。

"我不想吃鸡腿儿了。"

"鸡皮疙瘩刚下去。"

"大民,我想……"

"你想喝白开水吗?"

"我……"

"我早就给你晾好了。"

"好吧。那就来一杯白开水吧。"

"……味道好极了。"

张大民自己先喝了两口,然后把杯子递给李云芳,相信她必有同感。张大民很舒服地闭上眼睛,听见白开水在李云芳喉咙里发出咕咕的声音,暗自想道,除了不花钱的白开水,她还需要点儿什么呢?这个儿子要吃奶母亲想吃鸡腿儿父亲打算舔掉碗底儿的王八渣子的家底,到底还需要点儿什么呢?

张树过满月那天,张大民做了一锅卤,请全家吃了一顿捞面条。吃到半截儿,张大民用筷子捅了捅张三民,我跟你说件事。张三民笑着说,怎么这么寸呐,我也想跟你说件事。两个人躲在小厨房谦让起来,你先说,你先说,还是你先说,我先说就我先说。张大民凑近张三民的脑袋,压低了声音,像一只哼哼着的大蚊子,要在三民的耳朵上叮一下。他说你能借我200块钱吗?张三民僵住了,含着一嘴面条,就像十几条蛔虫正从牙缝里爬出来。张大民连忙解嘲,算了,算了,就算我什么都没说,该你说了。张三民把蛔虫咽回去,很困难地闭着嘴,似乎生怕它们再钻出来,过了半天才从牙缝儿里挤出几个字。我们看中了一台音响,钱不够,想跟你借300块钱。张大民挥挥手,算了,算了,就算咱俩什么都没说,就算你放了一个屁,我也放了一个屁,一风吹了,行了,没有味儿了。

回到屋子里继续吃面条。张大民看见张二民去厨房加卤,也装着要加卤,蹑手蹑脚地跟到灶台旁,脸上洋溢着谄媚的笑容。张二民越来越古怪了,大脸浓妆艳抹,像扑了三层没加水的淀粉,眉毛又粗又黑,像两条毛毛虫,一犯犟毛毛虫就一耸一耸地动起来了。张大民轻轻地笑着,二民,我想跟你说个事。话一出口便有些后悔,不行呀,太直露啦,赶快绕个弯子补救一下吧!

"二民,你的妆化得越来越地道了。"

"我没钱!有钱也不借给你!"

张二民突然张开大嘴,要吃了他,至少是要把他的脑门子咬下来。张大民被彻底噎住,明白自己被人民币遮住了双眼,又一次错误地估计了形势。不错,血浓于水,可卤还浓于血呢,只要自己吃着合适,还把血做成血豆腐拌在卤里呢!不错,人嘴能说人话,可说着说着高兴了或不高兴了,这张嘴还会放屁呢,比真屁都劲大,还能砸人一溜儿跟头呢,能砸得你半天爬不起来哭不出来明白不过来呢!张大民真的蒙了。不过,他迅速地爬起来,掸掸身上的土,擦擦脸上的唾沫星子,沿着自己的思路继续摸索着前进了。

"二民,不是钱的事儿,是你搞对象的事。听说你在肉联厂搞了个临时工,大家很关心你。听说临时工是个农村户口,还是山西的农村户口,大家更关心你了。我们知道你在恋爱上遇到很多挫折,不是一般地多,还净碰上有眼无珠的人,里边儿还有几个狼心狗肺的人,这都不是你的责任呀!而且也无损于你的形象呀!你还是你。你还叫张二民。你还像从前一样,朴素、善良、丰满、坚强……话不多,句句都能说到点儿上;不爱笑,在心里笑也有办法让人看出来;爱哭,哭一会儿就不哭了,哭完了比哭以前更懂事儿了。你有这么多优点,凭什么不自信呢?你应该好好想想,是把这么多优点交给一个有户口的人呢,还是交给一个从山西冒出来的爱吃醋的人呢?我要是你,我就张开大嘴告诉他,别往前凑,离老娘远点儿!二民,你可千万别糊涂。早市上萝卜三毛一斤,到中午两毛一斤,天一黑就一毛一斤了。这时候过来个家伙,问你五分卖吗?你一不耐烦心一软,说不定就卖了。你不能卖!你得等着。这时候又来了一个家伙,问你一毛五卖吗?你就可以考虑考虑了。不管天多黑了,你都得凑近了看看他的脸,看看他是谁,闻闻他嘴里有没有醋味儿有没有蒜味儿。二民,我敢跟你打保票,这家伙是个有城市户口的人,别说一毛五,八分也应该卖了。可是你看你,你看你,五分就卖了。太贱了!二民,我们都很难过。我们不是为自己难过。五分钱里没有一分钱是我们的。你白给人家我们也没有办法。我们就是觉得不能这么早就泄气,价儿高一点儿不碍事,从早上就都到晚上了,再蹲两个小时怕什么?你蹲不了我们替你蹲。怎么拍拍屁股就跟人走了呢？你也太不自信了。你看我，我都蹲到后半夜了，我就不走，怎么样，李云芳还不是自己爬到我秤盘子里来了。你好好等等，说不定能等个什么东西呢。二民，我就说这个事，我不说钱的事。你还有一个优点，刚才忘说了。你喜欢攒钱，谁也不知道你攒了多少钱。慢慢攒吧，我们根本不想知道，又不是我们的钱。不过我还是要提醒你，千万别告诉山西人你的存折放在什么地方！也别带在身上，他摸你的时候顺手给摸走了就惨了。让他给摸走了，还不如自己花呢，还不如借给别人花呢，还不如借给……"

张二民眼含泪花，把面条全戳烂了。

"张大民，我谢谢你。"

声音很低，然后突然抬高了八度。

"张大民，我有钱也不借给你！"

停顿了片刻，轰隆，又抬高一个八度。

"张大民，我嫁给一只山西猴儿，你管得着吗？我乐意！我拿存折喂一头山西的大叫驴，我气死你，张大民！"

母亲说怎么了怎么又掐上了！

张大民说没事没事醋瓶子掉卤里了。

张树一辈子只有一个满月，本想吃一次胜利的面条，团结的面条,朝气蓬勃的面条,结果吃成了一次失败的面条,分裂的面条,垂头丧气的面条。面条堵在张大民的心口上,像铁丝一样支棱着,半个月都没有消化。他在保温瓶厂申请了困难补助。补助有三档,五十元,四十元,三十元。申请很踊跃,比申请入党还踊跃。他怕打破脑袋,没申请五十元,申请了四十元。班组筛了一道,工段筛了一道,筛到车间这一道四十元一档的只剩下两个人。张大民和那个人去工会介绍情况,一边走一边生了幻觉,看见自己捡了个钱包。钱包瘪瘪的,以为什么也没有,打开一看,是四十块钱,十块钱一张,一共四张。他看四下无人,就把钱包偷偷揣起来,心里很高兴。他在工会的椅子上坐下来的时候,脸都红了。那个人开始介绍情况,父亲偏瘫,母亲白内障,岳父糖尿病,岳母让车撞了,老婆心动过速,大儿子多动症,二儿子血色素偏低,还缺钙,半夜老抽筋儿……张大民站起来,扭头儿向外走。工会干事叫他,该你了,你干吗去?他说你们爱给谁给谁吧,我钱包丢路上了,我得捡钱包去了!

过了一些日子,李云芳老在家里闻到油漆味儿。起初不在意,不料油漆味儿越来越浓,半夜醒过来闻闻,呛眼睛,还呛鼻子。她把脸贴在墙上,贴在床单上,闻着闻着就闻到张大民的头发里去了。她推醒他,让他坦白,他不坦白。她使劲儿拧他,让他说,他就不说。她就用两个指甲片掐住他米粒儿大的一块肉,慢慢往起提溜。他说哎哟,饶命啊,我说我说,油漆商店一个站柜台的大美妞儿看上我了,她老拿手摸我头发,还摸我别的地方,不信你闻,味儿都串到后臀尖上去了。哎哟!李云芳,把我掐死了有你什么好儿啊!有本事掐我一嘟噜,掐我的汗毛眼儿算干吗呀?张树,张树,醒醒,快咬你妈奶头!快点儿,咬一个抓一个,别撒嘴,儿子!咱俩一人咬一个,别跟我抢!哎哟,给我报仇啊,你妈把你爸掐死了,你妈把你爸的麻筋儿都给掐出来了,你妈把你爸的水儿都给挤出来了……

闹累了,夫妇俩静静地躺着,谁也不说话。李云芳给张大民揉着刚刚掐过的地方,张大民咝咝地往嘴里吸气,像吃多了辣椒一样。

"云芳,我调到喷漆车间去了。"

那边不言语。

"有岗位补贴,每个月多挣三十四块。"

还是不言语。

"都说有毒。我看没毒。喷漆车间都是农民工,一个个壮得驴似的,有什么毒?我才不怕呢!人家都没事,我能有什么事?有人说我有病,他才有病呢!我没病。我就是想多挣钱。多挣钱也算病,我愿意天天得病,只要别病死,一辈子有病才好呢!云芳,三十四块!一个人生活费有了,鸡腿儿也有了,不是挺合适么!漆味儿怕什么?闻几天就闻惯了。我刚进喷漆车间老头晕,一个礼拜就不晕了。油漆有股苹果味儿,有的有股栗子味儿,闻惯了不闻都不行,不闻头晕。云芳,你别拦着我。我要想挣钱,老虎都拦不住我。我就是老虎,我是玩儿命挣钱的老虎,谁拦着我,我吃谁!你要拦着我,我天天晕俩大马趴给你看,我晕在大街上不起来,你得乖乖地把我抬到喷漆车间去。云芳,我说话算话,你信不信?"

"我把你抬到火葬场去!"

李云芳笑着,扑噜一声,终于哭了。

"烧一次给我多少钱?便宜了不干。"

"你有病!"

"我没病。"

"你就是有病!"

"咱俩都有病就等于谁也没病了。"

"大民,你真傻呀!"

"你知道了?祝贺祝贺。"

"你真蠢呀!"

"再说我蠢我把你鼻子咬下来!"

李云芳轻轻抽泣,无力说话了。张大民笨拙地抱着她,一遍一遍地给她胡噜背,往她的眼睛上鼻子上嘴上眉毛上耳朵上吹气,一遍一遍地吹气,轻轻吹气,像一个被吓坏了的仍在顽强嬉戏的孩子。

"明天拿洗衣粉洗头试试,再有味儿就没办法了。他们说用碱也可以。你说行吗?我记得蒸窝头才用碱呢。云芳,我是不是记错了?我记得碱是发面用的,不是洗头用的。倒不妨试一试。往头发上撒点儿碱面儿再上班,下了班拿水一冲,没味儿了更好,有味儿肯定也不是过去的味儿,说不定满脑袋都是窝头味儿了。云芳,你爱吃棒子面儿吗?我……"

李云芳睡着了。张大民一手搂着李云芳,一手搂着张树,陷入了一股绵绵不绝的油漆的清香之中。他沉醉地闭上眼睛,幻想着一个满身碱味儿的张大民昂首阔步地走在挣钱的路上,突然捡到了一个钱包,数了数有三十四块钱。他把钱包据为己有,一点儿也没脸红,继续昂首阔步地向前迈进了。从此以后,他们又过上幸福的生活了。用了很多肥皂,用了很多洗衣粉,还用了不少碱面儿。可是有什么用呢?什么东西能阻挡幸福的脚步呢?谁也无法阻止张大民用五彩油漆来粉刷他们的幸福生活了。

他们的幸福生活是油漆味儿的了。

张树周岁那年,张二民结婚了。全家人都不赞成她的婚事,她收拾了自己的东西,冷冰冰地扫了全家人每人一眼,扬长而去,去了便很少回来了。她先跟着山西人去了山西,在一个叫夏县的地方完了婚事。夏县是什么地方,全家人谁也没听说过,是个每人每顿儿都得来一碗醋的好地方吧?后来山西人在顺义包了个猪场,她就辞了工作,跟着喂猪去了。据说发了,发了跟全家人也没有什么关系了。张大民老想,哪天她赶着一头大肥猪回娘家,我就把她连人带猪一块儿轰出去!可是她始终不露面,说明发了——所谓发了,不过是没安好心的谣言罢了。我们还没发呢,她凭什么就发了!没错,谣言罢了。

张树两岁那年,张四民从护校毕业,实习也结束了,分到九院的妇产科做了助产士。她还在家里住,在家里吃早饭和晚饭,中午带饭盒。饭盒上老有一种淡淡的来苏水味儿,身上和床铺上也有这种味儿。张四民也越来越古怪了。她和张二民不一样,不往脸上扑粉儿,不画眉毛,也不涂嘴。她不让别人坐她的床,也不让别人碰她的被子,坐了碰了,她就不高兴。她不高兴别人看不出来,脸上平平静静的,只是不说话。也不是完全不说话,只是不主动说话,别人跟她说话她还是很有礼貌的,她的不高兴便十分隐蔽。那天张大民堵在大门口想心事,忘了给张四民让路,她就那么悄悄地站着,不说话,等了有十分钟。张大民醒悟之后连忙闪开,她笑了笑,侧着身子过去了,还是不言语。张大民奇怪,哪儿得罪她了?事后才知道,他用了她的擦脸毛巾。张大民向李云芳哀叹,她跟你属于同一个品种,比你还瘆人!李云芳指点他,这叫洁癖。张大民由哀叹转向哀鸣,咱们这种破家也出这号儿人?洁……洁癖?这不等于从下水道里蹦出个卫生球儿嘛!张大民由此卫生了不少,变得格外小心了。除了洁癖,张四民还有工作癖,业务上很钻研。她交际少,不贪玩儿,老看产科方面的书,还弄来一个塑料骨盆,没事儿就拨拉拨拉,很投入。骨盆像一个树墩子,平时搁在铺底下,下面垫块板儿,上面罩个塑料袋儿。那天家里没人,张大民拿开塑料袋儿,吓了一跳。怎么跟从哪儿剁下来的一块碎尸一样?唇呀,蒂呀,道呀,毛呀,什么都有,还挺全,真的似的!正看得有趣,李云芳不知何时来到背后,铆足了劲照他屁股就是一脚,差点儿把他踹到床底下去。张大民爬起来嘻嘻笑着,不好意思不好意思,跟赤脚医生手册不一样,闹不明白闹不明白,好像跟你也不一样……李云芳追上去,一脚把他踹到厨房里去了。那一年,张四民做了先进工作者,以后她便年年都是先进工作者了。

张树三岁那年,张五民从西北农大来了一封信,信不长,每个字有枣儿那么大。信的开头说,他仍旧不回来过暑假,他要去体验民情。母亲说什么叫体验民情,张大民说我也不知道,是到村儿里看看热闹吧。母亲叹息一声,他就不想看看我?信的中间说,他补选了学生会副主席,半年以后,争取竞选正主席。母亲乐了,主席的官儿有多大?张大民说没多大,跟居委会主任差不多吧。母亲撇撇嘴,不乐了。信的结尾说,我要考研究生,我需要很多书,书是知识的海洋,我迫切需要在里面自由地游泳。然后笔锋一转,信的最后一句话霍然写道——听说你们都长了两级工资,请每个月多给我寄三十块钱,切切!母亲停了一会儿才说,我管十块钱,剩下的你们管。张大民说我也管十块钱,剩下的三民管。张三民说我不管,我正攒钱买摩托车呢,在食堂吃咸菜都吃了一年了。张四民说我管吧。母亲叹息一声,你才挣几个钱?先进工作者微微一笑,我一个人花不了多少钱,又微微一笑,三十块钱都让我管吧,就算五民替我读研究生了。张大民很难过,他从小就喜欢这个妹妹,现在更喜欢这个妹妹了。母亲问自由地游泳是什么意思,看样子对五民很不放心。张大民说自由地游泳就是游自由泳,就是狗刨儿,当主席了,大风大浪了,学会狗刨儿了!年底,主席来信报捷,竞选已经成功,开始全面地总地负责学生会的具体工作了。这一次没提钱。张大民松了口气,只要别加钱,你开始负责全国全党全军全国人民的工作我们也管不着你呐！母亲还老跟邻居显摆，我儿子当主席了，好像家里出了个居委会头儿多光荣似的，多不容易似的，多给祖宗脸上贴金似的！太愚昧了。

张树四岁那年，张三民的媳妇毛小莎不知动了哪根儿筋，开始频频地调工作。先从百货商店调到轻工局，又从轻工局跳到文化馆，最后在文化馆一拧屁股，又趸到哪个旅游公司里去了。张三民对着家人疑惑的目光，乱挑大拇哥，我媳妇有路子！不久借到一套楼房，一室一厅，搬家的时候，张三民牛气得不行，连大拇脚指头都挑起来了，我媳妇有路子！张大民心说，整天跳槽，不老老实实在一个地方撒尿，有路子也是屁路子。一天下午，张大民正在喷漆车间喷漆，传话说外边有人找，连忙跑出去，一看是张三民。喝了不少酒，舌头转不动，眼珠儿转不动，傻子一样转着一只大拇哥，眼泪唰一下子就下来了。他说哥，就说不下去了。他说哥，又说不下去了。张大民心里一紧，谁死了？他摇晃三民的肩膀，拧三民的左耳朵，最后给了三民一个大嘴巴，啪嚓！三民的喉头跳了一下，就哭出声音来了。

"我媳妇……"

"你媳妇怎么了？"

三民继续晃着那只大拇哥。

"我媳妇……"

"你媳妇有路子,我知道。"

"我媳妇……"

"我明白,她有路子。"

"路子……婊子!"

"你媳妇……"

"我媳妇是个婊子!"

张三民哭倒在大哥的肩膀上。张大民不知为什么,有点儿欣慰。早就听出来了,不是一只好鸟,是一只浪鸟!张大民在张三民的后腰上拍了拍,想起了儿时的情景,三民脖子里让人灌了沙土,跑回家也是这样哭的。现在,他无法领着三民追出去,灌对方一脖子沙土了。鸟固然不是好鸟,可毕竟是一只鸟啊!歌喉婉转,羽毛美丽,是做小婊子,还是竖大牌坊,人家有人家的自由啊!张大民说别哭了,挺起来,擤擤鼻涕,说说,怎么好好的就成了婊子了?张三民说了两个小时也没说清楚。大意是肚子疼,请了半天假,打开单元门一看,媳妇正领着一个男的穿裤子呢,跟军训时候的紧急集合一样。张大民劝他想开点儿,别以为就自己倒霉。这种鸟很多,有越来越多的趋势,随便挑一座居民楼看看,隔一个笼子一只,可能邪乎点儿,隔两个笼子一只,那么一定不会错的,不信就拉出来遛遛。张三民没想到有这么多战友,听大哥一说,觉得有道理,慢慢就平静了。他底气不足地嘟囔,真恨不得杀了她。张大民说千万别杀她,你要么放了她,爱飞哪儿飞哪儿,要么就给她拔拔毛,告诉她不老实,拔光了算,别让她不知道你是谁!我建议你重找一只。不会叫唤都没关系,关键是要品德优良,死蹲一个茅坑儿不起来,得是真正的好品种,就像我媳妇那样。张三民没有正面回答他,走的时候只是连连叹息,早一点儿给她拔毛就好了,早一点儿拔毛就好了。晚上刚回家,张三民就来了传呼电话。张大民没有醒过味儿来,兴冲冲地说怎么着,你给她拔毛了吗?

"哥,我们和解了。"

张大民差点儿没背过气去。

"哥,别告诉咱妈。"

手能从电话线伸过去,就抽他了!

"哥,我原谅小莎了。"

"什么鸟儿东西!"

张大民摔了电话,气得眼冒金星。那只鸟往三民嘴里拉了一摊屎,吧嗒儿一下,丫没给吐出来,丫给吃进去了!妈怎么给生了这么一个弟弟呀,生得太没水平了,早知道这样,直接给生个小王八不就完了么!爸早晚得从骨灰盒里爬出来,没别的,给气活了,让吃鸟粪的儿子给气活了。

秋天,张五民回来了。完全变了一个人。个子高大肩膀结实,眉清目朗,谈笑自如,嗓音嗡嗡的,听着特别厚实,特别舒服。母亲一见他就哭了,抱着不撒手。他很得体,显然见了不少大世面,不怕别人哭,用低沉的喉音管自说道,老人家,身体怎么样,这几年您受苦啦!张大民站在旁边纳闷,又钻出一只,是哪儿飞来的呆鸟呢?不论从内容到形式,这一位怎看怎么不一般,颠过来倒过去,掰开了揉碎喽,怎么看怎么不是凡人,也不是张大民他们家的人。他没有考研究生,直接参加分配,准备到农业部下边的一个司下边的一个处里去做事。他很快就去报到,并很快住进部里的单身宿舍了。他用浑厚的嗓音提出建议,家里要尽快装个电话,否则多不方便,有事都没法儿通知你们。张大民的脑袋嗡一声就大了。

"不是正等着你挣钱交初装费呢。"

张五民一愣,很有风度地笑了笑,没有接话。主席不白当,会察言观色了。

"你不用通知我们,部长想接见了,你直接把他拉咱家来不就完了么。"

"大哥,你越来越风趣了。"

"你不是想去新疆种苜蓿种向日葵么?怎么不去了?人家给

种满了,新疆没你地儿了吧?新疆没地儿了,扭头儿奔内蒙古呀,怎么一脑袋扎到水泥大楼里去了,不嫌憋得慌了?"

"那时候我的想法很幼稚,很可笑。"

"怎么也没考研究生啊?"

"大家都认为我适合走仕途。"

"身上多带俩保险钩儿。"

"怎么呢?"

"爬两步就挂一个,小心别掉下来!"

"我借大哥的吉言了。"

小子向外走的时候,脚步咚咚直颤,好像是一辆坦克开到社会上去了。母亲说我们老五最有出息了,又问仕途是什么意思,什么叫仕途,是泥道儿吗?张大民说您甭问我们,您肯定看见过。场子中间戳一根竿儿,一敲锣,一群猴儿抢着往上爬,中间那根竿儿就叫仕途。咱家老五的出息大了去了。

母亲说比喷漆的活儿强点儿不?

"您寒碜我干吗?"

张大民灰溜溜地找石榴树就伴儿去了。石榴树样子没变,粗了不少,撑裂了屋顶的油毡。外面一落雨,树皮就跟着流水,缠上毛巾不管用,把儿子的毛巾被裹上,居然管用了。张大民看着水淋淋的石榴树,觉着一个人的眼泪在流,永远也流不完了。

张树五岁那年,家里出了一件大事。除夕下午,全家人包饺子。母亲拿了十块钱,上街买醋,买蒜。张树像小尾巴儿一样跟着她。先到副食店买醋,然后拎着醋瓶子去菜市买蒜。蒜挑好了,搁在秤盘里也约好了,一摸没钱。赶紧回副食店,我买了一瓶醋,你们没找钱。那边说不可能,您的醋呢?赶紧回蒜摊儿,我的醋呢?那边说啥醋,俺们就卖蒜,俺们不卖醋。母亲回到家里,失魂落魄,喃喃自语,老糊涂了把钱给丢了把醋也给丢了。张大民说没事没事,丢了就丢了,张树呢?母亲哼哼了一声,就坐在地上了。

张树没有走远。李云芳哭天抹泪地来到街上,发现儿子正在菜市溜达,背着小手儿,看看茄子看看扁豆,视察得正来劲呢!他不慌不忙地向众人汇报,奶奶跑了,奶奶没影儿了。后来奶奶回来了,奶奶又往那边跑了,奶奶又没影儿了。奶奶上哪儿了?

奶奶一个人儿回家了。

大家笑过之后,没有当回事。老人记性不好不是一天两天了,多了个笑话而已。上街别带孩子,买东西少带钱,炒菜别忘了关火,还能让老太太怎么样呢?总不能让她和孙子一块儿上幼儿园吧?半个月之后,母亲失踪了。

那天正好张五民回来,母亲说你爱吃茄子,我给你做烧茄子,我给你上街买茄子去。谁也没拦她,一去便失了踪影。起初都不在意,张大民还开玩笑,妈买俩茄子,丢了一个,正满世界找呢,找什么,自己给吃了!后来过了吃饭时间,突然觉得不妙了。晚上,大家坐在派出所走廊里等消息,张大民把张五民骂了个狗血喷头。吃什么烧茄子?不吃烧茄子你烧得慌?不吃烧茄子你拉不出屎来?不吃烧茄子你爬不上去是不是?想吃自己烧去!妈丢了,我看你吃什么!妈要找回来,你爱吃什么吃什么!妈要找不回来,我……我吃你!我烧了你个大瘪茄子,我吃你!哥儿俩都哭了。大学生,知识分子,机关工作人员,仕途的跋涉者——张五民同志无法忍受羞辱与悲伤,终于跳起来了。

"这是命运!能赖我吗?"

"不赖你赖谁?"

"应该诅咒的是命运!"

"拉不出屎赖茅房!你不馋烧茄子,命运能这样儿吗?你不在家,妈命运挺好的,你一回家,妈就不走运了,你还说什么呀?赖人命运干吗呀?这事儿从头到尾我都看着,不赖命运,就赖你!一听吃烧茄子,哈喇子都下来了,你还仕途呢你,快找个小饭铺跑堂儿去吧!你不嫌寒碜,我们还嫌寒碜呢。命运跟谁过不去,也应该找你这样儿的,找爱吃烧茄子的,找咱妈干吗?"

"我不就这一种爱好嘛!"

"一种爱好就把妈弄没了,多俩爱好,把大家都弄没了,你就踏实了!"

"你不能这样跟我说话!"

"我还能跟谁这么说话?"

"我现在是科长,不许你伤害我!"

"爬得够快的!科……长,好好,很好,科长……我没别的爱好,我就爱吃科长!我现在就烧了你!我吃红烧科长!还真拿自己当道菜呢?你给我边儿待着去吧,还科科科……科长呢!茄茄茄……茄子!大生茄子!"

值班民警推门出来,很不高兴,吵什么吵什么,分遗产早点儿了吧?张大民抓住民警一条胳膊,哈着满嘴酒气,凑近了往人家脸上喷,露出一脸套近乎的纯朴的傻笑。

"拜托了!说什么也得帮我们找回来,不找回来我们不答应!人民的警察爱人民,人民的警察找母亲!我们兄妹几个就这么一个妈……我们的妈也是你们的妈,你们得快点儿找,不快点儿找,碰上人口贩子,把咱妈卖了,咱们还对得起人民吗?同志……"

"灌了几泡尿?有一百个妈也让你丢了!"

"我就一个妈,加上你的妈才俩妈。"

"我妈是我妈,瞎扯什么!"

"谁瞎扯了?我妈不是你妈是谁妈?"

民警把他搡开,与五民小声说话。

"这小子是谁?"

"……我大哥。"

"平时对老妈不上心,丢了又装洋蒜?"

"……他就那德行!"

"酒鬼?把老妈的钱偷着喝了,是不是?"

"……他人就那德行!"

"他会不会找个没人的地方……我的意思是,他会不会把你妈给扔了?"

"那倒不会!"

张五民脸红了,又补了一句。

"他还没有坏到那种程度。"

"没准儿,去年我办过一个,跟我这儿装洋蒜,拉着我认干妈,让我一眼看穿了。"

"我向您保证,我大哥是好人。"

"是好人?"

"好人!"

"……怎么看不大出来呀？"

民警朝张大民的傻脸摇摇头，回屋去了。兄弟俩在派出所的长椅上睡了一夜。没有消息。爱吃冰的母亲说话短促有力的母亲——真的失踪了！张大民找到母亲的相片，放在相框里，摆到冰箱上。全家人围着圆桌坐着，不敢看母亲的笑容，都看着冰箱。张五民很难过，朝冰箱鞠了三个躬就出去了。

"妈，我再吃一口烧茄子我就不是人。"

张大民不信，狗改不了吃屎，张五民改不了吃烧茄子。农业部食堂一出味儿，汪汪汪，头一个冲上去的不是别人，肯定是年轻有为的张科长。部长爱吃烧茄子那就另说了。

张大民也给母亲鞠了三个躬。

"妈，您就这样走了。您为了让小五儿吃一顿烧茄子，就这样匆匆地离开了我们。哪儿都能找到茄子，找不到鲜茄子也能找到茄子干儿，可是我们上哪儿去找您呢……"

张四民说别说了，就趴在桌子上哭了。

五天以后，在河北省的一条乡间公路上，风尘仆仆走着一个老太太。她满头草屑，一步三摇，像啃苹果一样啃着一个茄子，网兜儿里还拎着一个茄子。巡警把车停下来问她，大娘，这是去哪里呀？老太太一嘴京腔儿，我们家搬家了，我找不着家了。老太太一上车便催,快走,我儿子等着吃烧茄子呢!

"您儿子是谁呀?"

"我儿子是主席。"

"什么主席?"

"正主席,什么都管。"

巡警们互相看了看。

"……是政协主席吗?"

"是。"

"他叫什么名字?"

"老五。"

巡警们又互相看了看。

"您家在哪儿住?"

"前边儿,房子里长棵石榴树的就是。"

巡警们就什么都不说了。

第二天上午,保温瓶厂厂长办公室接到一个电话,公安局打来的。先问有没有一台会飞的锅炉,又问有没有一个人让这台锅炉给弄死了,最后说有这么一个老太太……办公室的老干事跳起来,我操,这不是张大民他妈么!干事像鹰一样飞进喷漆车间,落在迷迷瞪瞪干活的张大民背后。

"你妈没丢!你妈在河北呢!"

张大民差点儿栽到油漆桶里去。母亲被搀进家门的时候,连自己的相片都认不出来了。她扒着冰箱看了又看,老问这是谁家的闺女呀,真俊!医院下了诊断书,二期老年进行性痴呆症,据说到三期就该吃自己拉的屎了。母亲的病情没有恶化,时好时坏,好的时候比好人差不远,坏的时候比最坏的孩子都差得多了。她没事老开冰箱,不拿东西,打开看一看,歪着脑袋想一想,再关上。过五分钟又打开,还不拿东西,想一想,看一看,笑一笑,就关上。张大民很恼火。他去电器修理部打听,能不能给冰箱上把锁?人家小心翼翼地看着他,您有非常贵重的食品需要保存吗?他说没有,就是点儿剩菜。人家就用蔑视的目光看着他了。

"您想把冰箱改保险箱?"

"不是。我就是想省电。"

"省电?您把插销拔下来不就行了么。"

"拔下来我找你干吗?"

"谁知道你找我干吗,吃多了!"

张大民生了一肚子气,回家找根行李绳子,捆犯人一样把冰箱给捆上了。添了许多麻烦,省电省了不少,也算不是法子的法子,好歹把母亲玩儿冰箱的毛病给治住了。晚上,没人敢陪她睡觉,张大民就陪她睡觉。她半夜爬起来,四处摸索,不知要干什么。找尿盆吗?张大民不说话,想找找规律。母亲摸进了厨房,摸完了水缸摸锅,不是找尿盆。母亲把铝锅放在地上,窸窸窣窣弄了半天,然后哗,撒了一泡尿。还是找尿盆去了!

张大民操心的事情便越来越多了。

张树六岁那年,家里又出了一件大事。张二民不生孩子,让山西人打得鼻青脸肿,自己跑回来了。母亲不认识她老问你是谁呀,哪庙的,老在这儿坐着干吗?二民脾气强多了,说话不梗脖子,三五句说到伤心处,便闷着头儿吧嗒吧嗒掉眼泪。张大民陪着她一块儿叹气,你看你,不听我的,非要嫁一山西猴儿,让猴儿给挠了吧?非要拿存折喂一山西大叫驴,还要气死我,我还没气死呢,山西大叫驴一尥蹶子,把你给踢背过去了。现在怎么办?我倒想杀驴卖肉,给我妹妹出口气,可是法律不允许我那么做呀!嫁狗随狗,你嫁了一头驴,也只能随他去了吧。从他屁股后头过的时候,离他远点儿,我看也就这样了。

"大哥,我的命好苦啊!"

这是过去那个张二民么?不过,尽管她左手俩戒指,右手仨戒指,胳膊上一根镯子,脖子上一条链子,金灿灿的一嘟噜,身上却还是原先那股味道。在肉联厂大肠组的时候,都说是肠子味儿,那是客气。现在猪场的干活,八格牙路,用不着客气,就直说那是猪粪是臭大粪的味道了!金子都冒出屎味儿来了,她的命能不苦么?张大民还有一个意思不跟别人说,只在半夜扪着心口跟自己说,戴多少金子也是鼻青脸肿,我们云芳一粒金子没有,我们云芳不鼻青脸肿!再者说了,那是金子吗?谁敢保证那是金子?拿几块烂铜充数罢了!

罢了。

山西人来了。灰西服,大戒指,大镏子,大链子,也是一片金光,那叫土!一张嘴,出来俩大金牙,土上添土!他把点心和水果放在桌子上,把酒放在冰箱上,把两条烟放在凳子上,突然不知道应该坐哪儿。他朝老太太鞠了一躬,妈!口音很浓,舌头上像勒着两根儿线一样。妈不理他,只是郑重地发问,你是谁?哪庙的?他立刻不知所措,脸红脸白,像进了校长室的小学生了。这个山西人给张大民留下了非常美好的印象。最美好的印象便是,山西人也鼻青脸肿,比张二民鼻还青脸还肿,真是彼此彼此,女貌郎才,皆大欢喜啦!张大民看张二民不理他,便把他请到自己的小屋里,缓和一下气氛,也想顺便跟他谈一谈。山西人吃惊地看看石榴树,小心地在床边坐下了。

"先生贵姓?"

"免贵,姓李。"

"怎么称呼?"

"李木勺。"

"勺儿?什么勺儿?"

"舀蜂蜜的勺儿,我爹是养蜂的。"

"木勺先生……"

"你就叫我勺子吧,二民叫我勺子。"

"勺子……咱俩是头一回见面。上次你把我妹妹娶走了,也没打招呼,我就不追究了。这回你把我妹妹脑门子打个大包,都青了,跟白洋淀的咸鸭蛋似的,我可就不想饶你了。我这当哥哥的要好好批批你了。"

"该批该批!打也不冤!"

张大民对他的印象便越发美好了。

"贫下中农爱打老婆,这我们知道。可是,你跑到工人阶级家里来打老婆,这合适吗?你也不问问,我们工人阶级同意吗?想打人,上了街看谁不顺眼,你打谁不行,干吗躲在屋里打自己的老婆呀?工人阶级一专政,往死里打你一顿,你受得了吗?往后别打老婆,手痒痒了给自己几个大嘴巴,舍不得打嘴巴就扇自己的屁股蛋子,又解了自己的气,还过了打人的瘾,也没什么后遗症,多好!实在憋不住,你拿脑袋撞电线杆子,你跳到水库里喝一肚子水,你哪怕拎根棍子跳到猪圈里揍老母猪一顿,把它揍残废喽……你也别打老婆!老婆是谁呀?陪你干活儿,给你做饭,帮你出主意,甜的留给你吃,苦的留给自己吃,剩一口饭了也给你多半口,她吃小半口,老婆容易吗?白天忙够了,晚上还陪你乐和,她自己不乐和都装得比你还乐和,好让你乐和。你乐和够了,爬起来就打老婆,你算什么东西?你还是个人么你?你要再打我妹妹,我把你木头勺子撅两截儿喽!我上山西夏县刨你们家祖坟去!"

山西人的眼睛闪烁着悔恨的泪光。

"该刨该刨!你是个好嘴!道理明,道理通。悔死啦,对不下二民,她是个好老婆!大哥,你是不知道……我打她可比不上……比不上她干我凶哩!"

"我妹妹揍你了吗?"

"我不说。我丢人!"

"女的打男的我就管不着了。跟自卫有关的事我也不管。你们两口子的事还是得你们两口子管,我说多了就不合适了。"

"你会说!说得明!大哥,你说说看……她扬着铁锹追我,我绕了三排猪圈也躲不过。我一追她,她一翻就翻到猪场墙外面去哩!你给说说看……"

"上蹿下跳的,都着什么急呢?"

"我们俩都想孩子!"

"想能想出来?打能打出来?得踏踏实实做工作,还得碰运气,蛮干不行。"

"运气赖!她赖我,我赖她。"

"给二民瞧过病吗?"

"瞧过三个医院,都没有病。"

"那就是你的毛病了。"

"我没有病。我家伙好使!"

"你得瞧病去。"

"我不瞧,我这里好使得不得了!"

"好使也不行。骡子好使,管什么用?光撒种不长东西。想孩子就赶紧瞧病!"

"你好嘴。你说咋着就咋着。"

山西人答应瞧病。张大民答应陪山西人瞧病。两个人脾气相投,分手之际像刚刚拜了把子的兄弟一样。出门的时候,李木勺指指石榴树,屋子不大,咋还下个柱?张大民谦虚地告诉他,那不是柱,那是棵树。李木勺不胜唏嘘,你们城里人的日子真是不容易啊!

贫下中农终于觉悟了。

张大民在鼓楼附近打听了一家医院。第一次去,居然没挂上号。第二次两人天不亮就去了,又差点儿没挂上号。骡子太多啦!进诊室的时候,李木勺腿肚子转筋,非要拉着张大民一块儿进去不可。张大民先好言相劝,见说不通,就把他往门里一推,玩儿去!不久便出来了,捏着一个手指头粗细的玻璃管儿,探头探脑地四处找茅房。

"验尿?"

"……他们要我的尿。"

"查精液?管儿太细了,进得去吗?"

"你可说哩?"

两人一进公共厕所就傻眼了。每一段墙壁都对着一个人,肩膀挨着肩膀,叹息跟着喘息,摇头伴着点头,都在垂首努力,目标对准了同样的细细的玻璃管儿。天呐,太不文明啦,太惨无人道啦。怎么背着人干的事情,竟然当着人干呢?骡子们想儿子想疯啦!李木勺对着拖把弄了片刻,脸似猪肝,筛糠一样抖着脚后跟,都快哭了。

"大哥,我不行。我当着大伙儿说啥也不行,弄不惯。去旅社开个房吧,我慢慢弄。"

"来不及了。这儿有一坑儿,快来!"

张大民把李木勺塞进了木头隔断,听他在里面叹气,呻吟,又叹气,嘬牙花子,对他充满了同情和怜悯。为了有个孩子,妹夫你辛苦啦,别着急慢慢弄吧。李木勺咚一声推开门,满头大汗,眼神儿绝望了。

"不行,说啥也不行!去旅社开个房吧,把二民接来……"

"黄花菜都凉了!挂个号容易吗?进去,接着来。连这都不会,长这么大都干吗了!"

张大民把李木勺关回去,跳到大街上买了一本电影杂志。女明星看着还顺眼,估计李木勺看着也不会不顺眼,就是她了。他把她从隔断下边送进去,小声说这回看你的了,再不行鬼都帮不上忙了。李木勺行了,出来了。他一只手端着试管儿,一只手攥着杂志,露出软绵绵的笑容,人基本上已经虚脱了。

"还不快扔了!你扔它干吗?我让你把杂志扔喽!把管儿拿好。我算知道愚公怎么移山了,太他妈伟大了!兄弟,咱们走!"

女明星躺在纸篓子里,对肮脏的男人们发出了蔑视的嘲讽的深恶痛绝的微笑。男人们从厕所逃出去了。但是,男人们胜利了。晶莹的玻璃管儿里已经充满了温柔的液体了。

四个月之后,李木勺领着张二民来报喜。他先给岳母鞠了一个躬,然后扑通跪下了,抱着张大民的大腿就不停眨巴眼睛,想掉眼泪。张树在一边看着,突然冒了一句,卑躬屈膝!把众人吓了一跳,这叫什么话?

"天才!我儿子会说大人话了!"

"大哥,他不是天才,是天才的娃儿,你是天才!大哥,二民怀上了,我谢谢你啦!"

"她怀上了你谢我干吗?"

"没有你她就怀不上!"

"闭嘴!怎么连屁都不会放了!"

"我嘴笨……"

"我知道你笨。我见过。"

"没有你,我吃不上神仙药。他们吃六百服药都怀不上,我吃了六十服就怀上了!没有你就没有我,这事就咱俩知道……没有我,她就怀不上。大哥,我不给你磕头让我给纸上的小娘们儿磕头啊?大哥,受我一拜!"

咚,真磕了一个头。爬起来,掏出了一把戒指,有五六个。张大民只看了一眼,眼就花了。他想干啥?全给我吗?

"大哥,拿着!你家三口人,六只手,一手一个。没啥送,小意思,多喂几口猪就有了,圈里几千口,卖不清!这东西不赖,我看你们哪个手都空着,就缺它。大哥,你嫌少?你嫌少我给你换几个金镯子,我……"

"我倒不嫌少……不是铜的吧?"

李木勺急得张嘴就咬,挨着咬。

"铜的?大哥,咱俩是生死之交!铜的?大哥,你救了我一条命啊!铜的?大哥,你还救了我老婆一条命啊!铜的?大哥……"

"别咬了!别咬坏喽!真不是铜的,我……我就挑一个,就一个!剩下的,你爱给谁给谁。你看老母猪顺眼,愿意给它套蹄子上,我也管不着。我的话你别不爱听,什么东西多了都不行,多了就俗了。我就挑一个。"

"你不贪。大哥,你是一个善人!"

"勺子,这回算你舀到本质了。"

张大民挑了一个小巧的,夜里往李云芳的手指上一箍,严丝合缝,蓬荜增辉。云芳高兴得不得了,却小声嘟囔,这合适吗?张大民说这是我的报酬,用仁慈和智力换来的,我一说你就明白了……便叙述了一切细节,李云芳笑得要死,捂着肚子喘不上气来了。

勤俭节约外带抠门儿的张大民让艰苦朴素外带寒酸的李云芳戴上金光灿灿的9999成色的大戒指了!他们的脸上露出了满足

而欣喜的笑容。他们过上更加幸福的生活了。不仅如此,他们让妹妹和妹夫也过上幸福的生活了。

普天之下皆幸福了。

张树是高才生,不是天才,也差不多了。他功课好,爱琢磨事,喜欢刨根问底儿。小学二年级的时候,拿着语文书,问了爸爸两个近义词,也许是两个同义词。

"爸,赤条条是什么意思?"

"赤条条就是光膀子。"

"那赤裸裸呢?"

"赤裸裸……就是光屁股。"

张树耸耸鼻梁便走开了。

几年来,经常守着病母过夜,耽误了张大民的性生活。从前比较勤,是因为新鲜,身体好。如今是王小二过年,一年不如一年,一月不如一月,一次不如一次了。张大民便有些担心,不知是云芳老了,还是自己老了。想弄个究竟,看看到底谁老了,次数竟又勤了起来,大有返老还童之状了。那天,张大民吩咐张树,跟奶奶睡吧,爸爸跟妈妈说个事。

半夜,张大民正和李云芳说事,说咱俩真年轻啊,张树推门进来了。张大民来不及下来,又够不着灯绳,连忙抓了条毛巾被遮上屁股,连脚后跟儿都凉了。

"爸,你刚才是赤裸裸。"

两口子屏住呼吸听着。

"现在又赤条条了。"

张树替他们把灯关上了。

"爸,你在吃奶吗?"

"我……回奶奶屋吧,明儿再告诉你!"

"我都不吃奶了。"

张树鼻子嗤了一下就出去了。两口子彻夜无眠,后悔不迭。一个怪一个瘾大,没事找事,一个怪一个没记性,开灯不算,还忘了关门。埋怨够了,把没说完的事接着说完,静下来想明天怎么办?怎么跟孩子对付。一想怎么也没法儿说,又嘟嘟囔囔地埋怨起来了。

张树的眼神儿跟大人一样,让张大民不敢张嘴。吃了晚饭,他领着张树上街,给儿子买了一个冰激凌。吃得高兴了,父子俩在便道上追着跑,相互胳肢。张大民认为机会来了。

"树儿,爸昨晚胳肢你妈来着。"

张树的笑声一下就低了,过一会儿就不笑了。张大民暗想,知道我骗他呢,真他妈天才,小嘎巴豆子什么都懂了,以后的日子没法儿过了。后来,张大民在电视里看到一个老红军,三天两头儿给学生们作报告,表情非常凝重。老红军也叫张树。张大民再看儿子,看儿子那双早熟的眼睛,就有点儿浑身不自在了。两口子商量妥当,给张树改名张林。张大民去派出所改户口本儿,半道进厕所小便。小便池的墙上写着——张林是我儿!又写着——张林是……不写是什么,直接画了一只四条腿的小王八!不行。不能叫这个惨名儿。张大民从厕所出来的时候,他儿子已经叫张小树了。

张小树有一个好朋友,是张四民。张四民不爱说话,跟张小树却有说不完的话。吃饭的时候,张小树老使唤别人。妈,给我姑盛一碗饭,爸,给我姑舀一碗汤。举着一双小筷子,老给他姑夹粉条儿。云芳逗他,不给我夹我不要你了!他说我姑爱吃粉条儿,你爱吃肉,妈,我给你夹肉。敷衍了事地夹了一块肉,又忙着去扒拉粉条儿了。张四民很疼这个孩子,老给他买这买那,让张大民很不高兴。

"你老给他买。我们老不给他买。我们成心不买,就等着你买,不就是这样吗?"

"下次不买了。这孩子真好,知道心疼别人。你和嫂子好福气……"

下次接着买。张大民有时探她的口风,让她把男朋友带家来,给大伙儿看看,参谋参谋。她就红了脸,半天不说话。等别人把这个话碴儿忘了,她才小声说,我哪儿有男朋友啊。就像自己跟自己叹气似的。张大民认为她有,这么好的女孩儿不可能没有,只是脸皮儿薄,不熟不摘罢了。

第九次被评为先进工作者之后,张四民晕倒在九院的产房里。起初以为是贫血,深入地一查,却是白血病,已经到不易救治的程度了。自从锅炉工被烫死之后,家庭再一次迎来了严重的危机。痴呆症救了母亲,使她看不懂发生的灾难,也没有一丝痛苦。她到了嗜睡的阶段,离吃屎的阶段已经为期不远了。剩下的人轮流到医院看护,老大三天,老二两天,老三一天。老五忙,只在星期天与全家聚到医院,陪姐姐坐半个小时,说几句伤感话,或者说几句转移注意力的话,说的听的都很难受。家里早就装了电话,老五出了一部分钱,别人出了一部分钱。电话很好使,没有杂音,老五厚实的声音嗡嗡地传过来,就像没走远,就躲在冰箱后头说话似的。装了这个电话之后,张副处长——他又爬上去一截儿——就很少回那个叫做家的令人憋闷的地方了。

张三民坐在病房外边的走廊里,有医院的酒精味儿挡着,身上的酒气稍稍降低了一些,脸却是酗酒者的脸,无论如何也是遮挡不住的了。这个没有出息的弟弟呀!张大民可怜他,又恨他,懒得管他家里那些丑事。见了面就心软,不知道能不能帮帮他了。

"还不离?"

"不离。我耗死她!"

"耗死你自己了。"

"死也不离!"

"有什么劲呐。"

"我不离,她就是我老婆。"

"管什么用?"

"管用,是我老婆就得跟我睡觉!"

"恶心不恶心!"

"睡婊子不掏钱,挺好。"

"不怕得病?"

"都他妈烂了才好呢!"

"三民,跟她离了吧。她这么欺负你都不像欺负一个人了!揍她一顿,让她滚蛋吧!"

"哥……我离不开她。"

他用布满血丝的眼睛看着哥哥,就像一个输光了的赌徒,随时准备伸手借钱。张大民懒得搭理他了。三民朝四民的病房那边偏了偏头,玩世不恭地哼哼着,人活着有什么劲呀,想明白喽,混一天算一天完了!张大民心说滚你的蛋吧,思路却跟着顿了一下,是呀,人活着有什么劲呢?该死的不死,不该死的却眼睁睁地要死去了!

人活着有什么意思呢?

张二民和李木勺给病房带来了清新的味道,猛一闻好像医院没有人味儿,倒是健康的猪粪散发着人间的气息了。李木勺把张大民拉到一边,说一些把兄弟的心窝子话,吃什么好药,吃什么好东西,跟我说,我买!张大民难过得不行,拍着木勺的胳膊肘子只想哭,兄弟,吃什么也没有用了。

张四民却很平静,只要家人在,只要同事在,脸上永远挂着苍白的笑容,像灿烂的纸扎的花朵。生命正从她年轻的眼角悄悄溜走,她大睁着眼睛,要不停地凝视人间,让目光多多地留下来。她拉着张小树的小巴掌,反反复复地摩挲,眼神儿令人不忍目睹,像告诉爱子的亲娘一样。每逢此时,李云芳便拉着张大民出去,在走廊里乱转,不说话,怕一说话失声哭出来。

张小树对病没有意识,以为小姑住几天便要回家,去过几次便知道事情严重了。毕竟是聪明孩子,很直接很有力地触到了生死,一举一动都含着深深的畏惧了。

"姑,你不会死吧?"

"你说呢?"

"姑不会死!"

"为什么?"

"姑是好人!"

"好人就不死吗?"

"好人都不死!"

"说得对!好人永远活着!"

张小树振奋了片刻,又害怕了。

"姑,你要死了怎么办?"

"姑不死。"

"万一死了怎么办?"

"那姑就永远没有男朋友了。"

"姑,你有了男朋友再死,行吗?"

"行。我男朋友是谁呀?"

"我还没想好呢。"

张四民亲着张小树的手背,湿润的眼睛盯着孩子的小指甲,叮嘱自己别忘了告诉嫂子,该给孩子剪剪指甲了。

"姑,你觉得我爸怎么样?"

"挺好的。"

"你喜欢他这样儿的吗?"

"他话太多了。"

"那你喜欢什么样儿的?"

"姑喜欢个子高高的。"

张小树点点头。

"姑喜欢说话少的人。"

张小树陷入了沉思。

"姑,我要长得高高的高高的,行吗?"

"行!"

"姑,我要做说话少的人,行吗?"

"行!"

"姑,我要做你的男朋友,行吗?"

"行!"

"你喜欢我吗?"

"喜欢! 好孩子……"

"姑,我永远喜欢你!"

"姑也是……姑忘不了你!"

张四民忍了多时的泪水缓缓地流下来,滴在孩子的手背上。这冰凉的泪水惊吓了孩子,恐惧和哀伤终于爆发了。

"姑,你别死!"

"姑不死。"

"姑,你别死呀!姑!"

孩子在病房中号啕大哭,显得十分突然。李云芳赶来拽走他,哭声更大了。李云芳低叫怎么这么不懂事呀,把他拽得跌跌撞撞,一进电梯却抱紧了孩子的脑袋,给你姑争口气呀,给你姑争口气呀,说着说着自己也号啕了。

灾祸降临之际,也伴随着两件喜事。车间领导找张大民谈话,说干得年头儿不短了,嘴损点儿,活儿地道,准备提他做副段长,已经报上去了。张大民芝麻大的官儿都没当过,一听便有点儿晕头转向,连干不了让别人干吧之类的客气话都没说出来。走开以后颇为后悔,觉得自己显着太馋了一点儿,好像盼当官盼了八百辈子了,实际上确实一次也没有想过,戴红领巾的时候想当小队长没当上,明显是不算数的。一想自己也要当官了,没有任何不舒服,哪儿也不难受,脚丫子好像比过去还轻点儿了。正品着这件好事,突然想到天命不定,生死无常,官儿算个屁呀!再大的官也是屁,是大屁!更何况一个破工段长,还是副的,领着一群人一天到晚撅着屁股喷漆罢了!

另一件好事却不同,张大民先是震惊,随后便心花怒放,整夜没睡踏实,中间笑醒了好几次。居民区要拆迁了。从消息下来,到户户落实,像一场秋风荡过,街墙上到处都是拆、拆、拆的白灰大字,像往昔皇朝令人惊心动魄的斩、斩、斩了!

拆迁公司到家里来过四回,和蔼可亲,似乎处处都为住户着想,做出要和住户联合起来,一块儿占国家便宜的样子。量完了面积,核定了户口,给张大民家标定了一个三层的三居室。老人一间,大龄女青年一间,三口之家一间。大家都说结局很好,不可能再好了,张大民却不干。他的标准是一套三居室加一套一居室,或两套两居室。人家说你没有根据。他说我有根据。人家问你有什么根据。他说我的根据是这样的——我儿子是天才,他已经跳了一级,我准备让他再跳两级,他得找个地方踏踏实实地温功课,我儿子需要一间……书房。说到书房,张大民觉得绕嘴,话一出口便羞羞答答的了。人家说国家没有给天才儿童准备书房,他一生下来就大学毕业也没有用。再说他才十二岁。张大民一着急竟然说了实话,我儿子都碍事了!都一米六六了,比我还高!人家就笑了,他身高两米,你们两口子也得跟他在一个屋里对付。张大民非常痛心,这么对付天才,国家迟早得后悔啊!拆迁公司的人深表同感,咱们先把合同签了,让他们后悔去吧!张大民坐下来签合同,真实的念头只是略感不足而已。三居室是烙饼,书房是大葱,天上掉烙饼卷大葱固然很美妙,光掉个大烙饼也可以了,总算比饿肚子要强得远了。

好消息带到病房,引出了始料不及的后果。明明知道住不成了,张四民却描绘了未来的房间,叮嘱周围的人为她布置。看不见的屋子成了美景,在临终前深深地吸引了她,也满足了她。弥留之时,心中已经没有别的事物,只有断断续续的两个字,窗帘。买了贵重的窗帘拿来,她摸着,轻轻摇头。突然想到她喜欢绿色,赶紧换了绿丝绒的一种,她小心摸着,又轻轻摇头。李云芳心思细微,去布店撕了一块最便宜的混纺布,淡淡的绿色,很薄,几乎要透明。张四民手指一触便不撒手了,抓到离眼睛很近的地方一寸一寸地看着,就像看自己度过的一个又一个平凡的日子一样。她说不出话,只露出一丝淡淡的笑容,似乎与淡淡的布融为一体了。死前回光返照,竟然清晰地吐出了几个字。那是她一生的总结,也是赠给张小树最真切的遗言了。

"姑走了以后,你要帮我打扫房间啊!"

张小树拉着姑的手,已经不会哭了。追悼会很隆重,来了很多人,净是不认识的人。张大民没有让母亲去,怕她出丑,结果却是自己出了丑。家人在医院哭的时候,他没有哭。往围满鲜花的遗体身旁一站,他觉得不对劲了。来了那么多人,却没有人是她的男朋友。他总认为她是嘴上说没有男朋友,他还认为她没有男朋友也没什么。现在他知道她是真的没有男朋友,而没有男朋友对她来说真是太不公平了,对这么好的女孩儿太不公平了,对我妹妹太不公平了!张大民像村妇一样大哭起来。他看着妹妹苍白凄苦的侧脸,哭得昏天黑地,把张小树都吓坏了。

事后,九院的同事们纷纷议论,张四民挺漂亮的,她哥怎么长那样呀,矮得跟坛子似的。还有人说,那人是谁呀,是她乡下的大表哥吧,哭得跟傻帽儿似的!张大民确实出尽了丑。然而,秀丽而不幸的先进工作者,毕竟在哥哥高亢而粗鲁的哭声中平静地远去了。她哥哥对得起她了。

拆迁公司的人来到家里,先给活人鞠了一躬,又给死人的相片鞠了一躬,然后说对你们的不幸表示最衷心的慰问,谨请节哀,坐下来签合同吧。张大民一愣,签什么合同?不是签过合同了吗?

"那是草签,不算数的。"

"够啰唆的,签就签吧,签哪儿?"

"……把名字写这儿。"

"等等……什么时候三间变变变变……变两两两……两两两

间了!操你们的姥姥,我们还没销户口呢!我妹妹骨灰还烫手呢!"

没有家里人拦着,张大民就把那穿西装的黄口小儿剁了。邻居们也很吃惊。张大民举着菜刀满院乱追,拆迁公司的小伙子满世界乱窜,大皮鞋都跑掉了。这不像大民子干的事儿呀?他是砖头拍脑袋上都不知道还手的主儿,今天这是怎么了?明白了,心疼他妹妹呢,受刺激了!

强制拆迁那天,张大民抱着石榴树不下来。推土机把小房都推塌了,他还挂在树枝上摇晃,像一只死心眼儿不开窍的土猴子。他像煽动暴乱一样慷慨陈词,一字一泪——我妹妹把沙发都挑好了;我妹妹把壁挂都挑好了;我妹妹把窗帘布都挑好了;我妹妹……你们不能这样对待我妹妹呀!你们把房子还给我妹妹吧!同志们:我妹妹死不瞑目呀!

强制人员一点儿也不生气,不慌不忙地凑过来,都笑话他。活人的房子都不够住,还给死人要房子,做什么梦呢!把糊涂虫从树上捏下来,让丫好好醒醒!五六个大小伙子揪住四肢,七手八脚地把他给抬下来了。张大民找不着台阶,索性破釜沉舟,鲤鱼打挺儿,杀猪一样号起来了。

"你们不能夺我妹妹房子!把三居室还给我们!那棵石榴树

是我爸爸种的,你们不能铲了它!把三居室还给我们吧!您就让我们住个三居室吧,我儿子是天才,我得给我儿子拾掇一间书房呀……求求你们啦!大叔大爷祖宗哎,可怜可怜我们吧……"

强制人员更笑话他了。待会儿妹妹,待会儿爸爸,待会儿儿子,您惦记得还挺全?有本事惦记点儿自己的脸面呀?这会儿求爷爷告奶奶了,晚了!舔我们脚丫子也没用了!吃窝头去吧,你!

恰好一位视察的领导干部在场,远远地看着,十分忧虑。这个同志怎么这么不懂法!怎么这么不懂法!你们要加强普法宣传,重在教育,重在和风细雨,雨露滋润。当然,对那些害群之马和胡搅蛮缠的人,决不能心慈手软,要毫不留情,加强力度,狠狠打击,从而发展大好形势,维护安定局面,把我们的各项工作推向前进,向……献礼!哗,鼓掌!

害群之马张大民咎由自取,被行政拘留,给关到黑乎乎的铁笼子里去了。哗,鼓掌!进了笼子冷静一想,觉得实在出丑,比在追悼会上还丑,不胜懊悔。笼子里有人问他,犯了什么事儿?他说我宰了一人儿。你宰了个什么人儿?我宰了这么这么这么一个人儿。你怎么宰的?我那么那么那么宰的。你怎么进来的?我这么这么这么就进来了。人家懒得问他了,准是一大骗子,揣了二百多公章满天飞,骗到中南海才让人逮着了。没错,丫就是一大骗子,唾沫星子都是假的!

两个礼拜之后,害群之马兼大骗子姗姗归巢,面孔微黑,胳膊稍细,两眼炯炯有神,就像刚从海滨度假归来一样。他担心老婆会披着被面儿迎接他,结果发现两居室井井有条,老婆正扎着围裙给他做鱼呢!老婆用锅铲杵他的脑门子,恨得咬牙切齿,你一个小蚂蚱,乱蹦什么呀!

"就算我乱蹦,就算我蹦水里了!可是……谁也没告诉我那水是开的呀!"

张大民坐下来,老觉得屋子里缺东西。噢,想起来了,石榴树不见了。今非昔比,在一间没有树的屋子里过日子,是一件多么无聊多么无趣的事情啊!张大民想他亲爱的树了。

车间领导又把张大民叫去了。张大民正襟危坐,叮嘱自己别当回事,不就是个副段长嘛。领导说你要正确对待。他耸耸肩膀,我尾巴再长也翘不到天上去。领导说你一定要正确对待。他心说,操,您看我像骄傲自满目空一切自以为是贪污腐败的人吗?我要当了副段长,我首先……

"张大民同志,我现在正式通知你,经车间领导研究决定,并报请厂长办公室批准,从即日起……你下岗了!"

张大民让雷给劈死了。

半个月之后,北城一带的居民小区里出现了一个神秘的人物。他身材短粗,满面愁容,用一个特制的网袋挎着一大堆暖壶,前胸五六个,后背五六个,品种还不一样。他见了老太太就凑过去,露出巴结的笑容,像受够了邪气的小媳妇一样。

"我们厂快倒闭了,积压了很多暖壶。您要要我给您便宜点儿,就算您发善心,就算您支援我了。我们厂开不出支来,每人发了七百个暖壶,其他什么都不管了。您说孙子不孙子?一个暖壶还没卖呢,先得租厂子里的地儿搁它们。您说缺德不缺德?您看这暖壶多好,像胖娃娃不像,您还不抱一个回去,就算捡个搭拉孙儿跟您就伴儿了……"

"不要!我们家有。"

"来一个,多一个是一个!"

"是真的吗?"

"依您的意思是纸糊的?"

"有胆吗?"

"哟!我摔一个您看看!"

"不要!要买商店买去。"

"我比他们便宜!"

"便宜没好货。不要!"

"不要我也不生气,我生气也没用。大妈,您走好,赶明儿暖壶领了找我!"

"还不撂下歇歇,一脑袋汗。"

"不敢歇。我得找个坎儿再歇着,撂这儿我就拎不起来了。您要真心疼我,别买这个大的,您买个小点儿的吧。"

"不要不要!"

张大民终于把老太太吓跑了。他钻进塔楼,谎称给领导送礼品,蹭电梯到顶层,然后逐户敲门,一层一层往下敲。敲开一扇门扉,里面站着一位英俊少年,比儿子大不了多少。

"我是新兴技术开发研究所的,我们发明了一种新型的保温产品,质量优良,品种繁多,花色齐全,实行三包……"

"……去去去去去去去!"

再敲开一扇门,站着个美丽少妇,比老婆年轻多了,漂亮多了,漂亮多了。

"我是……"

"滚!"

张大民逃到黑洞洞的楼梯里,实在不想动了,真有身心交瘁之感。他放下暖壶,坐在台阶上吃面包,一个挎着十几个鸟笼子的人悄悄走过去。大哥,你要鸟笼不?张大民看见了自己,轻声说伙计,刚才谁骂你了?

"狗汪汪怕甚,能咬俺一嘴不中?"

张大民填饱了肚子,又继续袭击剩下的屋门去了。他从北城转到西城,给许多人留下了新鲜的印象,以致一栋楼丢了一袋大米,人们立刻想到他。肯定是那小子,把大米灌在暖壶里背走了! 人们布下天罗地网,等他吃回头草,他却不屈不挠地转到东城去了。

两个月卖了十四个暖壶。他把烟戒了,缩头缩脑,又矮了一大块。李云芳怕他自卑,鼓动他去香山爬山,带全家一块儿去。他说不想爬山,没脸爬山,让香山爬我吧,把我这个废物点心埋了吧! 李云芳逗他,天塌了个儿高的顶着,你那么矬,怕什么? 他也逗李云芳,天塌了个儿高的全趴下了,我趴不下去,我背着一嘟噜暖壶,不砸我砸谁呀! 两口子还像从前那样畅快地笑着,却含了酸酸的味道了。

那年夏末,毛巾厂的技术员回来了。可能有衣锦还乡的意思吧,要请厂里的朋友吃饭,也请了李云芳。她不想去,同事们说你必须去,给他一个面子,他敢来劲,我们帮你掀桌子,不信他不把尾巴夹起来。李云芳告诉了张大民,问去还是不去,满以为他会说又不是没吃过饭,吃他的饭干吗,不去! 听到的却恰恰相反,去! 快去!

干吗不去!挑最贵的菜点,好好敲他一顿!平时逮不着美国鬼子,好不容易逮着一个,死吃!菜不够,把他也蘸酱油咽喽!别忘了给我带条胳膊,我想嚼他不是一天两天了,我倒满了酒杯等你!张大民嘻嘻哈哈,像往日一样没正经,李云芳就不再说什么,开始打开柜门儿给自己找裙子了。她的后脑勺没长眼睛,没看见他的脸一下子阴云密布,目光也暗下去,灰下去,惶惶然如丧家之犬了。

"……在哪儿请?"

"鸿宾楼。"

李云芳前脚走,张大民后脚就跟出来了。没干过这种事,知道是丑事,知道不该干,可还是硬着头皮干下去了。盯梢儿吗?吃醋吗?怕最后一根稻草离开自己漂走吗?下起了小雨。不久便下大了,变成了瓢泼大雨。张大民落汤鸡一样站在树底下,看着鸿宾楼的灯光和大玻璃后面的红男绿女,陷入了一生中最大的精神危机。折腾了半辈子,三十六拜都拜了,最后一哆嗦也哆嗦了,还是一事无成啊!

张大民在雨中走到半夜,一推家门发现李云芳在客厅坐着,饭桌上搁着一叠钱,绿不叽的,不是中国钱。

"你干什么去了?"

"看你们吃饭去了。"

"你……"

"钱都付了?"

"急死我!真有你的!"

"他想买你什么?"

"你……"

"还是你已经卖了?"

"……你浑蛋!"

李云芳给了张大民一个嘴巴。那叠外国钱,把张大民残存的最后一点儿自尊给击碎了。怪就怪技术员自作多情,把八百八十八元美金放在礼品衬衣里,要给受赠人一个惊喜,殊不料吓坏了李云芳,还打碎了他们家的醋坛子,把男主人逼得悲痛欲绝,差点儿打开窗户从阳台跳下去。长夜难眠,夫妻俩倾心长叙,一个扒开肋骨让对方看心脏红不红,一个扒开肚子让对方看肠子直不直,不免相拥而泣,说了哭,哭了笑,笑了再说。晕头转向的当口,又不免目邪神移,颠鸾倒凤,效尽于飞之乐,云雨直冲霄汉了。悲乎哉?极乐也!这时候突然咚咚咚,有人敲卧室的门。

"爸,你们干吗呢?"

"……你妈胳肢我呢。"

"妈胳肢你,你哭什么?"

"……乐极生悲啦。"

"小点儿声。"

"你妈不胳肢了,睡去吧。"

"……注意点儿影响!"

天才!这日子没法儿过了。

张大民和技术员在京伦饭店大堂见面的时候,离飞机起飞的时间不多了。技术员接过装钱的信封,十分腼腆,脸涨得通红,一边看表一边吞吞吐吐的不知要说什么。张大民没想到对方是这种风格,正所谓见了厌人压不住火,一张嘴,嗓子眼儿蹿出一只狗,汪汪汪汪,连他自己都不知道叫的是什么了。

"在美国年头儿不短了吧?学会刷盘子了么?美国人真不是东西,老安排咱们中国人刷盘子。弄得全世界一提中国人,就想到刷盘子,一提刷盘子,就想到中国人。英文管中国叫瓷器,是真的么?太孙子了!中文管美国叫美国,国就得了,还美!太抬举他们了!你现在是美国人,你心里最清楚,那儿美吗?是人待的地方吗?他们叫咱们瓷器,咱们管美国叫盘子得了!赶明儿多去点儿中国人,好好刷他们丫挺的,让丫美!"

"对不起,我要去赶飞机了。"

"我送送你。以后别这么随便给人钱。你要塞给这儿的一位小姐,她就跟您钻耗子洞了。你塞给我们云芳,我们云芳都哭了,觉得受了侮辱,以为你想怎么着似的。我知道你对不起她,心里有愧,想补偿补偿,可是这点儿钱拿不出手呀。等你发了大财,拿出十万八万的,用红带子扎上,单腿儿一跪,把它们当面交给云芳,不比你现在藏着掖着的强?这点儿钱你留着回美国买汽油使吧,别瞎耽误工夫了。赶明儿钱不够花了跟我说,我让云芳寄给你,咱就甭客气了,谁跟谁呀?哪儿跟哪儿呀?你说是不是!"

"对不起,车来了,再会!"

"我给你开门。上飞机小心点儿,上礼拜哥伦比亚刚掉下来一架,人都烧焦了,跟木炭儿似的。到了美国多联系,得了艾滋病什么的,你回来找我。我认识个老头儿,用药膏贴肚脐,什么病都治……回纽约上街留点儿神,小心有人用子弹打你耳朵眼儿,上帝保佑你,阿门了。保重!妈了个巴子的!"

出租车开出老远了,他才住嘴。嗓子眼儿发干,太阳穴嘣嘣直跳。张四民去世以来,下岗以来,吃醋以来,一切一切的憋闷都随着这通胡说八道吐出去了。天蓝了,云白了,走在大街上两只脚一颠一颠地又飘起来了。

"大民,你怎么跟他说的?"

"我说很高兴认识你,欢迎你下次来家中做客,拜拜!"

"真的?"

"骗你我是王八蛋。"

"总算会说人话了!"

中秋节前夕,张大民在一位厂长家里一口气推销了600个暖壶。他怕那位厂长有脚气,否则就趴下来亲吻那两只大脚丫子了。普通的居民楼,普通的单元门,普通的肥头大耳的汉子,看不出脑袋上有什么光环。张大民一边防备挨踹,一边念经似的发布广告词,我是保温瓶厂的推销员,我们的保温瓶举世无双……

"卖暖壶的么?进来进来!"

张大民的生活由此掀开了新的一页。厂长说他们厂水质有污染,刚刚更换了输水设备,职工家属贪几个小钱却不肯换暖壶,他要扣他们的奖金买暖壶,他要逼他们换暖壶!张大民确实看了看厂长的脚,他颤抖着说,我敲了足有一万个门了,终于看见了一个人,一个真正的人,一个伟大的人。中国有救了。中国的工人阶级有救了。我们靠暖壶吃饭的人有救了!出门的时候他跟厂长开玩笑,我打了一年猎,就指望哪天逮只兔子,今天一进山,撞上个熊猫儿!厂长哈哈大笑!

"国宝啊!不敢当!也就是一狗熊吧!"

张大民领着全家去爬香山了。在鬼见愁下面的索道站,他又犯了抠门儿的毛病。单程多少钱。双程多少钱。大人多少钱。儿童多少钱。掰着手指头算乱了套。李云芳不理他,越理他越乱,干脆走到一边,等着他从雾里走出来。他爬出来了。

"让妈和小树坐缆车,咱俩爬吧?"

"你不怕掉下一个去?"

"可也是。那你跟他们坐,我自己爬?"

"仨人坐得下吗?"

"可也是。那你跟妈坐,我和小树爬?"

"小树惦记坐缆车惦记多少日子了?"

"可也是。那你跟小树坐,我和妈爬?"

"怎么爬?"

"我背着我妈爬。"

"大民,别抠那几个钱啦!"

"我不是怕吓着咱妈么!"

李云芳和张小树坐着缆车不见了。张大民背着老母亲攀上了林间石道,省了几个钱令人欣慰,后背让母亲的身体偎着,更让他心胸舒坦。母亲能看见什么呢?一想到母亲的目空一切,不免又嘲笑自己的孝心之迂了。他大声说,妈,那片树都烧红了,您看见了么?

母亲一语不发。

四个人在山顶聚合了。风很大,黄栌的颜色已经到了暗淡的时辰,那一片一片的大火不久便要熄灭了。张大民又大声说,妈,您看见那片大火了么?树林都着起来了,过一会儿就烧过来了,您看见了么?

母亲说了两个字,锅炉。

锅……炉!

母亲念起遥远的父亲来了。

张小树托着腮帮,看远山的云影,进了天才必入的境界,目光正摇上去摇上去,跃然于云端之外了。

"爸,人为什么会死呢?"

"我也不太懂,问你妈。"

"妈,人活着有什么意思呢?"

"有时候没意思,刚觉得没意思又觉得特别有意思了。真的,不信问你爸。"

"爸,人活着没意思怎么办?"

"没意思,也得活着。别找死!"

"爸,为什么?"

"我说不大清楚,我跟你打个比方吧。有人枪毙你,你再死。

只要没人枪毙你,你就活着。我的意思你明白了吗?"

"请重复一遍。"

"有人枪毙你,没辙了,你再死,死就死了。没人枪毙你,你就活着,好好活着。儿子,我的儿子,你懂了吗?"

"OK！爸爸你真棒！我懂啦！"

"云芳,你懂了么?"

"没懂!"

"那我再揉碎了给你说一遍……"

"就你懂？德行!"

"我也是刚刚弄明白的。都是天才闹的！守着个天才,长学问了。"

母亲用清晰的声音说道——锅炉！张大民恍惚看到父亲和四民在云影里若隐若现,老的问日子好过吗？小的问孩子可爱的孩子幸福吗？待要端详却又飘然不见了。日子好过极了！孩子幸福极了！有我在,有我顶天立地的张大民在,生活怎么能不幸福呢？张小树雀跃着在林火中引路,红叶如一片血海。张大民背起白发苍苍的母亲,由李云芳在一旁小心翼翼地搀护着,缓缓向山下走去。母亲朝着迷茫的远方再一次重复了两个字——锅炉！

他们消失在幸福的生活之中了。

四 条 汉 子

一

四个月以前,收获季节的最后一个日子,老伍奎背着一篓秋玉米回家之后感到有点儿饿。他从灶膛里掏了一块烤白薯,蹲在屋檐底下慢慢吃起来。用了六十多年的嘴很奇怪,软软的白薯肉竟然咽不下去。食道像根麻绳,在脖子深处打了一个结。灌了半瓢冷水,水漏下去了,却顶翻了一嘴白薯,噎得他直翻白眼儿。心想:坏他娘的了!确实坏他娘的了。县医院戴眼镜的大夫诊定了食道癌,但没有跟他讲。回家后儿子们老问他想吃什么,问得他直想骂街。他对病情狗屁不知,只知道自己老是不吃不喝,怕是活不成了。真真是坏他娘的啦!完啦!不过表面倒还镇静。

四个月之后的一天,他气色有点儿缓。儿媳妇例行公事,在他枕边放了一碗粥。他照例不肯吃东西,炕上炕下地乱看了一阵儿,居然独自爬了起来。鬼魂似的老东西把没病的人吓了一跳,忙问他想干什么,却不答,主要是答不出,嗓子里那个死扣子已经解不开了。他的手势很花哨,有点儿张牙舞爪,儿子终于明白他是想出去看看。儿子起初不当回事儿,当干柴似的父亲一贴身,意外的轻盈就捣酸了他的鼻子,顿悟了自己使命的沉重。

他背着爹首先视察了菜园子。它顶多三分,却以狭小之躯为一家人源源不断地提供了足有三十来年的蔬菜,数量不多,但是很辛苦。老伍奎的胃和肠子不能不感谢它。他咳嗽了几声,大约要吐口痰留个纪念,那张老嘴却没有任何东西出来,正如已经没有什么东西可以进去一样。为了防止下坠,老伍奎勒紧了儿子的脖子。

儿子喘不上气来,却误以为得了暗示,他背着父亲上了后山。穿进坟地时滑了一脚,脊梁上的人险些从头顶飞出去。倘若飞出去,恐怕正合老伍奎的心思,因为眼前正是他祖先及老伴儿的坟茔。参看了安息地,又来到了左侧山凹,那里可以看见老伍奎的承包地,这时儿子听到背上哈了一声,就静了。儿子事后明白自己在这儿犯了很要命的错误,那是活着的人经常犯的漫不经心、自以为是一类的错误。他付出的代价是背着一个死人走来走去,只有问没有答地罗列春天的播种计划,并且一直把他背到自以为必须要看一看的最后一个目标。咽了气的老伍奎承蒙儿子的孝心,穿过村头的简易公路,来到了河滩地的边缘。新宅基像废墟一样零乱,守规矩的工匠们已经早早地开始忙碌,有人在校正房梁。突如其来的父子俩使他们住了手,房梁上那个家伙屁股指着蓝天,一动不动。儿子发觉全体眼神儿都不大对劲,继而感到恼火。他恼火是因为看出房梁不正。

"狗日的,架歪了!"

他们似乎听不懂,呆呆地更加古怪,像端详一只怒气冲冲的猴子。他激动地往前冲了十来步,想多露点儿颜色给他们看看。

"都瞎了眼!充人样儿的带眼珠子过来瞄瞄,歪你娘的腚上去了,就看不出?"

长眼的都在瞄,可目标不是房梁也不是他,而是他背后的什么地方,他明白过来已经晚了。向后转身的时候才觉出背上空空如也。脸色不坏的老伍奎斜扣在沙子堆上,像睡着了又像啃着什么东西。儿子记不清是怎么把父亲搁在那儿的,是搁在那儿的还是扔在那儿的也记不清了。他满脑袋都是七扭八歪的房梁。他走近父亲时看到了死,然而他第一个感觉却是害羞,觉得非常丢人。

"狗日的们,快把房梁正过来!"

他重新背起父亲,念念不忘的是掩饰自己的错误。众帮工一拥而上,大甲虫似的攀上了墙头,房梁颤抖起来,更斜了。背着死人走来走去的反常举动造成了莫名其妙的威胁,被当成了发自地狱的监督。

儿子走到家门口时才有哭的欲望。在那儿以前父子俩穿越了漫长曲折的村道。儿子过于镇静,父亲的脸色又太好,擦肩而过的老乡亲们说了些亲切的话,句句都像刻毒的讽刺。

"才起炕,你爹咋又睡过去了?"

活着的咧咧嘴,表情游在哭笑之间。

"你爹吃啥哩?供销社来红糖了?架子上有白糖么……"

儿子继续走路,想起什么了就连忙一偏脑袋,发现所谓红糖原来是从料堆上啃来的一嘴黄沙,浸了湿润的涎水,牢牢地堵在死人的舌头上。家门就在眼前,孝顺人突然有了哭一哭的念头。眼泪一时都躲了起来。

他一头撞进了父亲的房,转了一圈又走出,继续在不大的院子里绕来绕去。媳妇掂着猪食瓢站在北屋台阶上,大惊失色,因为他始终背着父亲,似乎找不到搁他的地方了。他走到猪圈跟前停住,要么是想着别的事情,要么是鬼魂附体。他觉得那头猪比他父亲的脸色还要好,很滋润。

"狗日的们,生生把个房梁上歪了!"

他又复述了一遍,不觉热泪盈眶,显得非常小家子气。"红糖"凉冰冰地滚到他衣领里面,一下子就四散到腰上去了。

他记得父亲曾经哈了一声。哈之前父亲顶多八十斤,哈之后便足有二百斤了。他忽略了重量的变化,否则可以免走许多路。

他脖子很疼。

死人真了不得。

不得了。

二

阳历一月二十八号,老伍奎殁了。这个日子没有什么倒霉的,就是有点儿不凑巧,依照县政府的狗屁文件的精神来看,人死了烧成灰是必然趋势,自然也是消灭城乡差别的积极步骤之一。这都没什么,但是全县实行火化的执行日期从一月二十五号开始,这证明老伍奎至少多活了三天。如果他走得早点儿,打好的棺材就可以派上用场。

"烧就烧呗,咋着也是死球了!"

这不像是老伍奎儿子说的话。但它的确是老伍奎儿子说的。背他见阎王的儿子是老大,那人比较含蓄,口出狂言的是家里的老四,父亲死的时候他不在现场。老四是吊儿郎当的人,对事物的看法向来别致,不太计较死活的问题。他的话不占分量,别的儿子听出味道不对,就只当他放的是屁。不过,老四嘴臭,老二的话也不香:

"爹么,还是埋了好……但罚了款我可不出。"

老二对罚款很留心,人厚道,孝心也重,就是怕说钱。踢他屁股一脚没事,打几个嘴巴也可以,大小事一论到钱他就敏感得像个不要命的土匪了。老大玩味着自己内心的愤怒。他盯住了老三:

"你说哩?"

老三没的说,不屑地耸耸肩膀,像电影里的大人物。老三是老伍奎的得意之子,他不会种地,却带给太会种地的老父亲一种非常高级的骄傲。老伍奎死时没能看他一眼是个遗憾。

不说就不饶,老大的民主意志很坚决,而且有点儿野蛮。老三开始默默地打腹稿。

"你在外边这几年白待了么?爹器重你,他死得不是时候是没办法的事,你不拿个主意可不行,说吧!"

老大给每个兄弟发了一支"前门"。老二不抽,把烟卷揣了起来。老四不要,他有威利登。他瞧不起"前门",更瞧不起装模作样的老三。他轻蔑地挖着鼻孔,觉得老三夹烟卷的白手不地道,说话的声音像个娘儿们。

"爹生前的意思是埋了好,祖祖辈辈都埋过来了,轮到他要烧掉,他不会瞑目,我们活着的人感情上也过不去。这是问题的一方面;另一方面,土葬罚款三百元,数目不大不小,跟爹的养育之恩相比算不了什么。关键是政府收了钱还得让你把人刨出来,爹总归是逃不了那把火,交三百就没有意义了。爹是疼钱的人,看我们花得冤枉,老人家怕也闭不了眼。出路明摆着,再不乐意也得走……"

老四剜了他一眼:

"说五车还是一个字:烧!"

"是的,我赞成火化。"

老三又耸了耸肩膀,脊梁上仿佛爬着造痒痒的虱子。老二熬不住抽了半支烟,剩半根屁股再次揣起来。他的榆木脑袋质量可以:

"……还是埋了好!"

想埋又不肯出钱,老二活像个无赖。老大行使权力之前简单总结了一下:

"我再到村委会争取争取,讲讲咱们的困难。我就不信他们有良心眼睁睁看他烧成一把灰没人管!日他娘的……咱们也得做好两手儿准备。老二,你先把棺材腾清楚,趁着有太阳抓紧时间晒晒。小四子,你到供销社给爹买顶帽子买双鞋,贵贱差不多就行了。这是钱……给你!三弟,你到宅基上盯盯那帮懒人,你整日在外不上心,房子可是爹给你张罗的,别盖好了又里外挑眼。"

"这就去。大哥,你入党的事行了吗?"

"行不行的能咋着?"

"爹的丧事……"

"那事跟这事没关系。"

"文件我看了,党员好像罚七百。"

"三百七百的一个屌样儿。"

"你到村委会说话要慎重。"

"这事跟那事没关系!散了吧,你嫂子在北屋缝寿衣哩,我过去看看,她笨手赖脚的让人不放心,裤子裁得像他娘个口袋……"

厢房里五个人有四个开始活动手脚,剩一个不能动的是乖乖的老伍奎。老四爬到炕上想测量一下父亲的脚丫子,毡窝窝的外径太大,尺寸得夸张。他好奇地脱掉一只,发觉父亲的脚背上一朵一朵的全是泥花儿,青色的脚心却十分清洁,手指头触上去十二分的光滑细腻,像一片绸子。他量了脚长还想量脑围,手伸出去又赶紧缩回来。父亲眼皮留着一道缝,正意味深长地看着他。他爬下炕来的时候腿肚子有点儿转筋。

老大去了村委会,悲哀地丢了几支烟,不等别人说什么就表示坚决响应政府的号召,兄弟们一时转不过弯来,思想工作由他来做,他有把握说服他们正确地看待火化问题,村里放心好了。干部们看他眼里含着泪花,都很感动。村长那人政策性不强,说着说着把县里的狗屁文件臭骂了一通,对老伍奎的不幸遭遇表达了无条件的同情。

"狗日的,人是能随便烧的么!"

老大突然想起村长的老母亲也活不过今年去了。他就不好意思再炫耀自己的决心,把觉悟暂时收了起来。党支部书记往外送他,一路走一路夸他树了很好的榜样,强调移风易俗是党员的义务,也是对积极分子的考验。老大看他不肯回去,知道情况不妙。

"人一烧棺材就没有用了……"

"我早就看它不顺眼,哪天拆了它!"

"拆了多可惜,给我吧?"

"你……"

老大像灌了一口醋,笑脸皱成了核桃。

"我岳母八十三了,缺这个。"

"她……不烧?"

"她们那儿是深山区,不比咱们村。说定了吧,多少钱你开个价。"

"好说好说……棺材我找人给你抬过去,柏木打的,手艺不赖。不瞒你说,我正愁没地方放置它哩,你拿走我图个宽敞,要你钱我就不是人了……"

"钱另说,东西可别大模大样抬来,影响……你明白吧?"

"对,对,影响!"

"思想汇报写好了吗? 别落在人家后边,春节交上来吧。我这是跟你说,节前支部要开个重要的会……"

"我写! 书记你慢走,坎儿滑。"

党支部书记转身走开了。走得很小心,可仍在结了冰的石坎儿上闪了一下,佛光高照。他伟大的背影晃了晃便胜利地过去了。老大心疼得不行,暗想咋就没摔死杂种操的呢?

摔死了睡那口棺材正合适。

三

桑峪大名鼎鼎的曹伍奎让一把邪火给烧掉了。他做了一辈子庸人,大名鼎鼎是因为养的四个儿子个个都不是凡胎。走到哪儿,谁不知道他那几棵树呢?

大儿子曹国槐,三十六,头大耳大,汗毛直愣愣的像挂着一层黑刺。但他不扎人,方脸老是笑眯眯的,通体渗透了福相。年少时习过瓦工,如今是桑峪建筑队的承包人,三年合同期还剩三分之二,据说已是腰缠万贯,这棵树根扎得不浅。

二儿子曹国榆,脸黑屁股黑,猛一看有四十,细打听得掉一个整数。脾气像嘴唇一样厚,不大会说,手巧得不可比。他是桑峪第一台手扶拖拉机的驾驶员,大哥签合同时花三百块钱把这台破机器买了下来,他随车自入家门,做了曹氏建筑队的运输助理。他的主要本事是开车牛气,走盘山路敢撒把,车下有姑娘,他能把二郎腿跷起来,有拿大顶的意思。结婚后收敛多了。他怕女人,小家子气、抠门儿都与结婚有关。但老婆没把他的智慧消灭干净,车闸崩断之后,他续上了一根大号铅丝,一拽拖拉机就发出野猫的声音,要停便停。俗话说狗×有锁,猫×有火,拖拉机也有名堂。上坡好办,下坡时则一路闹春的惨叫,不溜上平路不算舒坦。那声音贯穿着一种聪明劲儿。这棵树满结实的。

三儿子曹国柳,颀长瘦弱,典型的白面书生。二十有八,活了一大把年纪还没娶媳妇,里面的原因很复杂。他是兄弟中间唯一高中毕业的人,做过几年民办教师,书教得不错,念了一年师资培训班之后便转了正,在雁翅小学教语文。他的女朋友是同校的体育教员,一个牛犊子般的饱满女子。此人喜怒无常,老从恋人的地位上往后退,把他折磨得不敢跟家里人讲清楚。父亲催问他咋样了,他顺嘴说快了吧,那时老伍奎已经吃不进东西,却急如星火地给他张罗房子。他也不拦,如今老父亲彻底不用吃了,他看见那几间房子就羞得慌,深感对老人家不住。兄弟们都不摸他的底。以为他瞧着村里谁谁的妹子或谁谁的姐,都是初中高中的同学,松快事说不定早就做下了。他们不理解他的苦恼。体育教员也不理解他。他喜欢哲学,知道黑格尔是谁,知道苏格拉底是谁,知道太多反而不知道自己是谁了。这个爱好他羞于出口。另一个爱好的处境稍好一些。他嗓音一流,年少时唱过样板戏,也唱过老戏,是业余剧团的名角儿。寒假后体育教员回县城的家里去了,他很寂寞,邻乡的剧团来请他,管吃管住有报酬,想到出洋相家里人也看不见,他就去了。父亲死讯传来的时候他正在排练,差点儿昏过去,上妆的效果全出来了。他善用假嗓,演的是秦香莲。他真正喜欢的还是黑格尔,尽管他的哲学底蕴始终停留在矛盾、主要矛盾、矛盾的主要方面、矛盾的主要方面的主要支方面等等大众化的水准上。他在理论上玩烂了矛盾的各种转化,但他无法让体育教员蹦到他床上去做柔软体操,甚至不能让她干干脆脆地说出一个爱字。秦香莲的曹氏版够漂亮了,只是面孔稍微长了点,这个长度对他的婚姻很不利。但他唱戏时让无数傻丫头直眉瞪眼,看得灵魂出窍,说明个中得失胜败尚难预卜。老伍奎格外看重他可能不是没有道理的。

四儿子曹国杨,最没出息,名气也最大。年方二十二,正处在对所有年龄相当的女人感兴趣,而所有年龄相当或不相当的女人都对他非常不感兴趣的倒霉阶段。他是念初三那年被学校开除的。他始终认为这是数学教员迫害的结果。他不太守纪律,但对生理规律不敢违抗。他举手请示去厕所公干,教员命令他憋着,他不举手了教员却叫他站起来演算黑板上的方程式。他走上讲台,往墙角撒了一泡尿。第二天就丢了学籍。处理得这么快有个重要原因,数学教员跟他不是一个性。用他的话说,那是一只打鸣比公鸡还厉害的秃尾巴母鸡。他背对她撒尿是对她的不必要的尊重。不过如果他掉过背来,恐怕不进县公安局就说不过去了。他进过两次乡派出所。一次是在公路上闲逛突然看着骑车人不顺眼,隔五六十米扔去一块石头,没指望那么准,却恰恰击中了人家的脑袋。另一次是光着屁股在水库大坝上走来走去,当时太阳还没有落山。联想到那泡举乡闻名的尿,公安员怀疑他有露阴癖,结果却是他与别人打赌。这都是二十岁以前的事。现在他是大哥建筑队里的自由中卫,情绪高了让干什么干什么,情绪一般想干什么干什么,情绪低劣该干什么他就偏偏不干什么了。他是桑峪的候补流氓、赌博大师、女性辞典、吹牛冠军,兼时装模特儿。他领导的服装潮流有时男女不分。他不多的装备里有一条粉色夹克衫,一双高跟鞋,一件蓝底儿白花儿的衬衣外加一条墨绿色的领带。老伍奎二十二年前造他时已近衰年,二十二年后他的身量带着先天的不幸,比爹矮半头,比兄弟们矮一头。高跟鞋作用不大,他红红绿绿地走在村巷里,像匹杂色布,又像一蓬开了花儿的荆蒿子。他要真聪明就得学学踩高跷。他踩不踩高跷老伍奎也对他绝望了,生前好几次想抄斧子劈了他。一想好歹是棵树,是钻天杨还是趴地杨由他长去吧。这棵树的根就肆意地轻薄到地面上来了。

老伍奎给世界添了这么四件小摆设儿,撒爪子颠了,火烧火燎算是活该。不过四个儿子也真不亏待他,拖拉机猫叫声声,一麻袋纸钱儿飞雪阵阵,六十里送葬路倒是有声有色了。邻村好事者立在公路旁,见挂了黑布的拖拉机腾腾腾往前蹦,发问:"哪一个?"

"桑峪曹伍奎!"

老大国槐肃立在车厢前栏杆后边,临风大吼,颇有点儿来将通名的味道。四个人的白布孝盔是村东头九奶给缝的,老太太的记忆肯定出了毛病,要么就是看外国电影看坏了。一律的船帽儿。孝幡像旗帜,拖拉机像坦克,四个儿子则像半个班的美国兵,杀向盘山路,杀向县城,杀向万恶的火葬场。老三曹国柳觉得这一切都非常滑稽,快到雁翅的时候他把帽子摘了下来。他示意老大、老四坐下,但是老大对站着很陶醉,想什么呢只有鬼知道。老四不停地扔纸钱,向后扔,扔着扔着就有点儿玩儿的意思了,全不当为黄泉的老父筹款。老大踢了他膝盖一脚,他麻袋口朝下,把纸片全撒了出去。老大又踢了他一脚,他把麻袋也随手扔了,高兴地拍拍子。

"兔崽子你就没个正经!"

"给爹留着装钱用吧……"

"我他娘的……"

"再踢人我就让咱俩一块儿翻下去!"

"等着,把爹送走了,我不收拾你!"

"把我一块儿烧了吧。"

老三靠在槽帮上,把老四拉蹲下,假装要了一根烟,拍拍弟弟的胳膊:

"别惹大哥生气,哥不容易。"

"骡子也踢不了这么疼!"

"少说两句吧。"

"像你?有屁得憋得从耳朵里放出来!……你看你缩缩的,前边不就是雁翅小学吗,有啥怕丢人的?斗大的×也不该把你吓成这个样儿……把孝盔罩葫芦上吧!"

老三看看兵痞似的弟弟,誓死不打算戴那白布做的屌玩意儿了。野猫突然吱吱地叫起来,威风凛凛的老二大吼了一声:

"下坡啦,小心爹动弹!"

路面有坑,拖拉机车斗像炒嘣豆的锅一样,死的活的一通乱颠。老大的鼻子又酸了。

父亲从来没有这么体面过。那顶深蓝色的呢子帽真好,光看脸猜多大官儿都有人信,领袖们戴上赶路也不过尔尔。脚上更风流,人造革,也可能是啥走兽的皮子,总之那是一双白色带道道带气眼儿鞋带儿比裤腰带还长的顶顶时髦的旅游鞋!供销社的鞋有十几种,老四叉着手指头量来量去,发觉只有它配得上老爹的大脚。天助他也,套上去如此提神儿,光看脚丫子老伍奎顶多十八岁。离村时百来号人围着看怕有九十九人馋上了这双鞋。穿上它的人会死吗?多漂亮!多麻利!死亡和烈火都不足挂齿了。

灵车扑进了雁翅镇,小学校的招牌一闪而过。公路旁溜冰的孩子们拖着鼻涕齐声尖叫。

"曹老师!曹老师!"

"老师,你上哪儿演戏去呀!"

曹国柳同志缩进了槽帮,呈卧姿。拖拉机驶抵县城之后,他已经彻底摆平,几乎与老父亲并肩躺做一处了。老伍奎怕火,该同志怕的是体育教员,各有所惧。

车轮滚滚,喇叭声咽,猫叫时短时长,火葬场巍峨的大烟筒勃然耸向了天空。老伍奎表情生动而冷淡,做好了告别人世和儿子的准备,只等赴汤蹈火。柏油路边的绿化带聚集着一棵棵热情的小松树,红领巾营林队的标语牌比比皆是,其中的一块表达了无所畏惧的稚情,和天真烂漫的理想主义胸怀。老三以哲学家的眼光紧紧盯住了它:

时刻准备着!

时刻准备着!

四

老大曹国槐来到县城东北角,隔半里地就看见了自己的杰作。红砖砌的两层小楼很孤单,四周光秃秃的全是城关乡的菜地。养路队付了二十三万元的总承包费,他一个钢镚儿一个钢镚儿数着,总算把它垒了起来。他做梦都怕它坍喽,爹死了还好说,它要坍了他可就没什么活头儿了。它是他儿子,不是儿子也是他老婆,不是老婆就是他姘头。他疼它疼得心和肠子一块儿哆嗦,尽管它从上到下尽是处理品。他已经记不清次品砖、报废水泥和沥青下脚料的使用比例,但他相信它足够结实,甚至想象它可以对付一百二十级以上的地震。那样的地震能够把人震成老鼠,但是他领人盖的这栋小办公楼将"我自岿然不动",可以承受任何老鼠在里面喝茶、翻报纸外带勾心斗角。他有足够的信心为所有走来走去的东西们提供可靠的服务,但是必须付给足够的人民币。有了这个条件,为苍蝇装马桶给蚂蚱盖洞房都将万死不辞,不是不可能办到的事情。老大觉得自己就差一对儿翅膀了,不过没翅膀他也深感自己已经飞了起来,不像蝗虫而像鹰。

他是桑峪来的一只带农村户口的大鸟。他是深山沟儿天下无敌的鸟人。小楼近在眼前,他露出了甜蜜的微笑,这笑容渗透了智慧,使一般鸟和任何人都无力模仿。

工匠们看到了他,他亲切地挥了挥胳膊,像抛出了一串飞吻。他愉快的表情不成体统。他视察了内装修的进度,趴在尿池子上检查了马赛克的质量,脑袋伸到马桶里看了看水箱下部的螺丝,终于在厕所的镜子里找到了一张成问题的脸。那上面的笑容和那顶不伦不类的帽子把他吓了一跳。他飞速摘掉了它,把傻笑一扫而光。渐渐地有了悲哀,否则二工头说什么也不敢安慰一个满面春风的人。

"老人家去了?"

"去了。"

"说走就走了?"

"……走了。"

"真是的……"

真是的,一个什么东西都咽不进去的人不走还等什么呢!老大想扇二工头一个嘴巴。

"不走也遭罪,走了倒省心。"

日你娘的!省你妈的心!老大点点头。

"不提他了,提起来心口堵得慌。"

"葬了吧?"

"在火葬场排着队等烧哩。"

"咋着?桑峪人也用那炉子了?"

"县里想一出是一出,怕是炉子砌多了,拿乡下人烧着充数儿。不提了。"

"你想开些……我给你汇报个事。"

"你说吧,哪个小子犯懒病了?"

"那事单说,这事……"

"你跟我来!"

老大拽着他钻进了尚未启用的女厕所。开始站着说,一时说不完就一人蹲住了一个抽水马桶,最后索性方便起来了。老大突然发觉这是一个讨论问题的好地方。交谈诡秘之后,又发觉这地方适合制造阴谋。阴谋的气氛里飘着二工头大便的味道,使人严肃而乐观,语句也简洁了。

事情很单纯,因为很单纯而变得非常复杂。这栋办公楼上层十二间,下层十二间,没有地下室,也没有暖气。离县城的供暖设施太远,养路队没钱设置大号锅炉更没钱铺设几百米的输热管道。他们提供的图纸肯定是某个聪明笨蛋的产物,小楼的墙上布满了插烟筒的洞穴,像个大碉堡的射击孔。现在,他们想装暖气。这意味着楼里的洞将成倍增长。不知他们想不想在楼底下挖十二间地下室,或者在楼顶上添个空中花园,只要他们愿意,桑峪建筑队随时准备效劳,哪怕为小楼装上轱辘。但是,必须签订可靠的合同。尽管是伟大的事业,第一步还是得讲讲价钱。在装修完好的墙壁上捅暖气管子,不付双倍的票子说得过去吗?

新合同激发了老大的斗志,在马桶上攥紧了拳头,他呼吸急促,做好了老鹰抓兔的准备,这块肥肉跑不了啦。

"总务科长没说别的?"

"没有,那小子滑。"

"开不出好价就让他找别人!"

"谁愿意给他擦屁股?"

"就看怎么个擦法儿了……"

老大拆了一只烟盒,擦法儿很一般。他皱着眉头东张西望,让二工头有点儿紧张。

"你不找找总务科长?"

"我住城关旅社,明天取了骨灰盒就走。让他来桑峪给咱舔舔屁股吧。我看不出他的花花肠子我就不姓曹……他找我就说我回山了,先晾晾他。"

"高!"

老大塞给二工头几包香烟,二工头感动得跟他拉锯,说不用不用。老大讨厌拉锯,说客气啥客气啥,这里是女厕所,都是兄弟,我不知道你辛苦?二工头看看门,把烟揣了起来。香烟是少见的好牌子,他眼泪都快下来了。除了需要到走廊里向工匠们友好地告别之外,老大在这间异性的领地上已经办完了几乎所有重要的事情。他从女厕所里逃了出来。他走到公路上,找火葬场那个大烟筒,找天上的白云和可疑的烟雾,这才想起把孝盔丢在女厕所挡板上了,不由哀叹了一声,死的已经死去,活的仍需奋斗。他扭头闯进小饭馆,孤独地吃了三碗牛肉面。他的孤独感不久便消失,因为他悟出养路队也是牛肉,何止牛肉,简直是一头牛!

吃完饭他到五金商行买了一大包合页,三弟房子上用的。女售货员像吃不饱的母猪似的,不拿人眼瞧他。她转身的时候没注意这个乡巴佬在货箱里挠了一爪子。老大也闹不明白自己干了什么事。他在书摊上租了几本连环画,拜访了李逵和诸葛亮之后才感到情绪不对头。他把口袋里的东西掏出来数了数,越琢磨越不像自己干的事。他是一个正在千方百计要加入无产阶级先锋队的人,怎么能这么干呢?不过,李逵也免不了这么干的,诸葛亮也会这么干的,他们都是流芳百世的人。他的脸有点儿红,一把挠了这么多他可万万没有想到。他又数了数,傻笑起来。

"咋闹的哩？丢魂儿啦！"

老伍奎的长子偷了十一个合页。这是送葬那天诸多事件中最最不可思议的一件。可能是斗志过于旺盛的缘故,合格的战士从来都不放过战场的每一个角落。他们杀死敌人,并翻遍尸体的口袋儿。曹国槐原谅了自己。当时他确实有一种见什么都想咬一口的感觉,那么做并非出自本意。

但是,他毕竟偷了十一个合页。如果他不轻视自己,理应感到无上光荣。

五

老三曹国柳那天下午一直在县城西区的小巷里徘徊。他既不能返回桑峪监督住宅工程,也不能留下来等待父亲的骨灰盒,他要去业余剧团继续排戏。他是主角儿,邻乡那些山村艺术家正盼星星一样等待着他。况且他已经预支了报酬。在火葬场与兄弟们分手时,他很谦虚,没有一点儿明星架子。

"我先走了,请原谅。"

"你演的啥角儿?"

老四上上下下地打量他,闹得他有点儿自馁,情急之中擅自为秦氏香莲改了名字：

"秦……琼。"

假秦琼迈着慌慌张张的台步奔了长途汽车站。走到半路才明白了自己是谁，也明白了自己到底想干什么。让秦琼和秦香莲一块儿见鬼去吧，他转身踅进了城西的居民住宅区。

县街富丽堂皇，柏油路修得宽阔平坦。小巷里却是泥路，公用水龙头下面耸着冰山，与浊水汇成的冰河融为一体。简易公厕的门外也是冰，然而这厢冰颜色却比较的黄。县城给老三的印象不佳，似美女而又穿着开裆裤。他在密如蛛网的小巷里穿行，仿佛钻进了裤裆，白的冰和黄的冰在午后的阳光里共同折射着臊味儿。与偏僻的桑峪相比，这里更不像人待的地方。但是这地方却让他激动，因为他牢记着一个鲜花盛开的地址，它使一切都变得微不足道。

她父亲是县城府机关食堂的厨师，母亲职业不详。据她说母亲是饮食公司的工作人员，据别人说却是卖冰棍儿的，冬天则卖冰糖葫芦。老三找到了那个地址，若无其事地走了过去，住宅不成样子，门脸被小厨房、煤池子、柴垛挤得破烂不堪。惨景令他高兴，但仍旧未能鼓舞他的信心，他第五次、第八次来去，迷失在伤感的裤裆里了。

他找到了秦香莲寻夫不着的微妙感觉。夕阳西下,当他在小巷尽头遇到体育教员时,已经全身心投入了角色,正在目空一切地喃喃自语。

体育教员在他肩头猛击一掌,她的怒容说明他有许多特点让她无法接受,其中包括眼前这种短暂的呆痴。不过有些特点她是乐于接受的。否则她不会请他进家吃饭,吃完饭后也不会请他到县委礼堂去看电影。

电影是老片子《佐罗》。进礼堂之前她看了看他臂上的黑纱,他说没关系,这不妨碍娱乐,而父亲也不是伟人。她兴高采烈,不是因为跟他坐在一起,而是因为那个混蛋佐罗在前边不远处大打出手。她叹气像呻吟一样:

"……真漂亮!"

老三一点也不嫉妒。佐罗胡作非为时他始终思考着两件事情。第一件是吃饭的效果问题。三个馒头是不是太多了?他奉承她父亲长得年轻时,她母亲瞟了他一眼,什么意思?他喝白菜汤时吧嗒嘴唇了没有?他从汤里夹虾米皮儿吃的次数是不是太频繁了?他很烦恼,记忆中的一举一动似乎极端愚蠢。第二件事情更令人烦恼,他想趁电影院的黑暗抓住她的手。她不喜欢这一套,但是他喜欢。这个矛盾一时难以解决。佐罗未能给他胆量,哲学和戏曲也不能提供任何帮助。他只能用自己的右手抓住自己的左手,宽宏大量地欣赏着她对意大利蠢汉的无穷赞美。他把自己的手攥得更紧些,生怕它们会伸出去揪住她的舌头。

"真漂亮!"

他听着,无动于衷,却暗自希望这里的男人们把所有娘儿们都从电影院里扔出去,扔到落着驴粪蛋儿的大马路上去!

电影散场之后他送她回家,两人在公路桥上停了下来。路灯照亮桥下的小河,没有冰,河道里冒着蒸馒头似的热气。上游的小化肥厂灯火辉煌,温暖的废水源源不断地滚向下游,风里有氨水的味道。体育教员正患感冒而鼻子不怎么畅通,所以并不急于走开。老三只好奉陪,但话不多,说话时背风站着。他没有感到危险正在降临,她的父母对他不错,他们客客气气的显然对他有好感。他未能抓住她的手,但以后还有机会,那时他抓住的将不仅仅是一只微不足道的小手儿了。她亲切的语调已经完全解除了他的武装。

"你明天就走吗?"

"他们正等着我。"

"我以前不知道你会唱戏……"

"我不太喜欢表现自己,那样做太庸俗了。我在校联欢会上唱过一次……"

"是吗？我没什么印象了。"

"……那一次我发挥得不太好。"

"你明天就走吗？"

又问了一遍，老三以为她舍不得自己走，居然下意识地矜持起来。

"走！坐八点的长途车。"

"下午走就好了。"

"怎么呢？"

"我想让你见见我的男朋友，县委宣传处的干事，邻居寒假前给介绍的。我们上午没事，下午去看他姑姑，你晚点走就好了！"

体育教员平淡地给了他毁灭性的一击。他面临着今天以来的第二件丧事。他的爱情梦想一下子就被扔进了焚尸炉。爱情已经烧焦，发出了刺鼻的氨水味儿。凭着罕见的修养他没有一头扎到桥下去，也没打算把她掼倒在地上狠狠踹她屁股。他没有这样做是因为头脑已经不太清醒。他抬手在鼻子跟前扇来扇去，总算表示了对这个位置的反感。

"真味儿！"

她惊慌的样子让他不忍心，便友好地指了指桥下。她用感冒的鼻子齉声齉气地笑起来，像一只快乐的母羊。

"我必须得走！有四个村想学秦香莲的戏,派了八个姑娘来向我求教,我排练那么累,要不是看她们虚心好学,真不想搭理她们！不过有三个姑娘条件很好,嗓音……身材……扮相等等。"

"你重任在肩,走就走吧。"

"我很想见见你的男朋友。我喜欢跟男同志聊天,泡在女孩子堆儿里没意思透了！"

"你自己就扮了个女的……"

"我想成功的表演让她们羞愧。"

"让谁羞愧？"

"除了男的都算上。"

"妈哟……"

母羊快乐得几乎咩咩地叫起来了。老三也笑,王八蛋氨水儿已经呛出了他的眼泪。他以顽强的毅力把她送回家去,然后在街头四处流浪。所有旅店都客满,他的肉体和灵魂一块儿无家可归,找不到安顿的地方了。

走到最后一家旅店已经十二点三刻,值班员无端被叫醒,愤怒地向他吼叫。他用更大的声音向人家咆哮,把对方震住了。

"我爹死了！我老婆跟别人跑了！我没地方待了！不让我睡你们谁也别想睡！"

"床都满了……"

"没床给找个凳子,我付钱!"

值班员看见了他臂上的黑纱,把他放了进去。他有一种强烈的扮演或充当某种角色的欲望。既然已经编出了八个少女,再编出一个老婆还怕什么呢!他对这个世界太客气,早就应当捉弄捉弄它了。

值班员为他搭了一个折叠床,这种床塞满了旅店的走道,到处是蒙头酣睡的人。这与在火葬场那间屋子里见到的情景差不多,区别是那边的人比较老实,而这里的人都或深或浅地满意地打着呼噜。老三坐在床上安静了一会儿,走进厕所兼盥洗室。他从牙缝儿里抠出了虾米皮儿,用孝盔当毛巾洗脸之后又擦了擦脚。他有良好的卫生习惯,还有脚气,但毕竟伤心过度,擦完脚之后又在眼窝上抹了几把。这时一位披棉袄着短裤的男人哆哆嗦嗦地闯进了厕所,此人是被尿憋醒的曹国槐。他撒了多半截看到三弟在水龙头旁边吧嗒吧嗒地掉着眼泪,以为自己是在做梦。撒完了才觉得这跟梦没有关系。两人半天没有说话。老大响亮地打了个喷嚏。

"你没走?"

"我有事。"

"你丢钱啦?"

"……给我一支烟。"

"有人揍你啦?"

"……给我一支烟。"

"你……想爹了么?"

"给我一支烟!"

"没出息的东西,到底咋了呢?"

老三蹲在地上抽搭起来了。老大冻得腿肚子发青,跑到房间推醒了邻床的旅客,那人也没烟。他的烟都给了二工头,又可怜三弟,便到另一张床上摸起来。此人给了他一个烟荷包,梦呓似的哧哧笑着,很友好:

"想抽拿去,你挠我的痒痒肉儿干啥?"

老大睡了。老三在折叠床上抽着别人的烟袋,点了一锅又一锅。烟嘴儿上有口臭黏糊糊的,但烟丝很香。他眼前飘浮着许多臭的香的往事,睡意渐浓。

值班员拎着手电鬼鬼祟祟地摸了过来:

"同志,别难过,咬咬牙睡吧。"

老三不明白他是什么意思。值班员替他掖了掖脚下的被子,又补充了一句:

"跑了就跑了……臭娘儿们!"

仿佛秦香莲见了包拯,老三笑了。世界在一定程度上恢复了美好,说明矛盾正在有效转化。曹国柳同志恭恭敬敬装了一锅烟,递给这位近六十的慈善老人。

"谢谢您主持正义。不过,她是无辜的,我希望您明白这点。她不是臭娘儿们,我们迟早会结婚……您懂吗?"

"很好,复婚很好!你闭上眼,睡吧!"

黑洞洞的走道尽头有人鼾声如雷。

六

拖拉机在盘山公路上出了故障,老二和老四未能按时赶回桑峪。毛病不大,但是很危险。那根会叫唤的大号铅丝断了,多情的野猫变成了狂奔的野马,不是老二技巧娴熟,不是前方鼓起了一个小陡坡,曹氏建筑队的运输系统将全部滚到山沟里去。老四在最后关头跳了车,身子像小旋风一样卷进路边的枯草丛,可惜没等他爬起来,拖拉机已经在八十米开外停住了。这使老四感到自己的勇敢行为有点儿多此一举,而且很不雅观。他一瘸一拐地奔向哥哥,腿没事,但是他想夸大自己的损失。老二虎视眈眈地看着他,手里攥着一把扳手,要结果了大叛徒似的。

"狗日的,让你帮一把,你倒跳下去了!看你有多大能耐……"

"我想……减少一点儿惯性。"

"惯你那脚的性!还惯……惯性!"

"少了个人它不是停住了?"

"没你,闸绳还崩不断哩!"

"别互相埋怨啦,我帮你想想办法。"

"把裤腰带解下来!"

"干啥,你要干啥?"

"我让你给我解下来!"

"我又不是大姑娘……你咋不解哩?你自己也有裤带……"

"你那裤带不是牛皮的吗!"

老二靠一条牛皮带恢复了拖拉机的刹车功能,好歹把车开到了柏峪,离桑峪还有二十里,说什么也不敢再开下去了。老四也反对他开,每分钟都做着跳车准备,每秒钟都计算逃离险境的办法,神经有点儿受不了。

他们在柏峪街头的小饭铺吃了晚饭。老二打着饱嗝到村里找朋友想办法,老四则拎着裤子去找他中学的同窗,想借根绳子。老二不到一小时便修好了闸棍儿,老四却两个小时无影无踪。朋友陪老二等弟弟,不停地抽他的烟卷,照这样抽下去一包烟非糟蹋了不可。他气急败坏地按喇叭,想到电瓶的节约原则就不按了,拉开破锣嗓子喊起来。

"老四!老四!"

"狗日的!老四!"

"王八蛋!你还不出来,老四!"

柏峪村好几个老四都竖着耳朵纳闷,哪个小子骂我吧?个别老四来到街上,听到暗夜中响起发动机突突的声音,脏话已经飘上村外的公路了。关键的老四却始终没有出现。

老二开着拖拉机在月光下愉快地奔驰,并不为弟弟的处境担忧。他有限的恼怒让一个假设给冲淡了:小子莫非是找寡妇借裤腰带,让饿娘儿们把裤子给扒么?

曹国杨的裤子的确快要给人扒掉了。

当体育教员干脆利索地在县城收拾老三的时候,老四已在同学的小炕桌上输掉了三十块钱,正数着一把钢镚儿企图卷土重来。屎兴尿背,他到茅房大解三次,手气还是不行,他疑心是死去的父亲在给他捣乱。

终于闹到了赤膊上阵的地步。

"老子把棉袄押上!"

"押上可以,先脱下。"

"脱就脱,算三十块!"

"输疯啦?"

"睁眼看看,羽绒的……都摸摸。"

"你骗谁?"

"驴养的骗你们!上月从火村赢来的。"

"你让火村人骗了。"

"你们说算多少?"

"算一庄吧,五块!快脱下来吧……"

柏峪的麻将油子们幸灾乐祸地看着他,钱另说,这副冻得打哆嗦的怪模样实在有趣。老四深感这样萎靡下去要坏事,非输拉了稀不可。他穿着小背心蹿到院子里,对着冷风彻骨的寒夜大喊大叫。

"日你奶奶!"

"老子拼啦!"

"谁要谁捡,老子的命扔啦!"

返回赌屋后顿时感到温暖了不少。他把孝盔搜出来戴上,准备决一死战。看一个人倒霉比看耍猴有意思,比看公驴配母驴也有意思。牌敌们纷纷拿他打趣。

"冻坏了,咋给你哥搬砖和泥哩?"

"老子正不想给他干哩!"

"你哥一月给你开多少钱,够输吗?"

"你们好好剥削我吧,反正我让他剥削得差不多了,没肉请你们啃骨头……"

"和喽!不要骨头,把你的下水给我吧?"

"屁眼儿在后边,你自己掏去!"

老四忍辱负重,棉袄脱下穿上,穿上脱下,战局僵持住了。他不仅一点儿不冷,反而杀得满头大汗,脑门子亮晶晶的。"四条"和"八条"已经分不大清楚,"筒子"像密密麻麻的臭虫在眼里爬来爬去,但是他表情很沉着也很悲壮,像电影里身处牢房的地下工作者。想到了父亲的死,想到了自己的死,又想到了各种各样的活,他发觉自己内心涌出了一股疯狂的献身精神,他将战斗到最后一个人。他已经战斗到最后一个人。他失去了棉袄,而且开始面不改色地脱那件不是没有虱子的旧棉裤了。

"真痛快!"

他已无所畏惧,哪怕面对一把杀猪刀。

老二曹国榆也面对着一把刀。那把刀是他媳妇的嘴。她赌气睡到炕角,隔远远地用小刀子刮他的肋骨,想听听他怎么叫唤。

"四个兄弟里,数你缺心眼儿!"

"我那是……装的哩。"

"你装得倒像,装过去就回不来了。"

"你啥时候让我回来我就回来。"

"老东西死了,我讨你个机灵劲儿!"

"干啥?"

"财产不要了,咱就要那处新房子!"

"啥话!那是给国柳盖的。"

"他在外边教书,像个阉人,我料他也用不着。拍胸脯问问,你爹哪儿对得起我?肚儿里的孩子七个月了,你要不把新房子要下来,我就回娘家……你哑啦?"

老二给刮得失血过多,说不出话来了。

他生平最怕两个人,父亲和媳妇。媳妇是火村的娘家,他们是在驾驶训练班勾搭上的。他学了半个月就到了能教别人的程度,让她误以为他在别的方面也聪明的不得了。等她明白过来为时已晚。她和他同用一辆教练拖拉机,她在前边扶着车把,他在后边扶着她的腰,她驾车左转右转上坡下坡,他扶在她腰上的手也跟着上下左右一通乱动。两人都有一种凌空翱翔的感觉,像开飞机。结业时已经是难分难解如漆似鳔,"飞机"说什么也降不下来了。他们要结婚。回村后她第一次驾车出征就跌到公路下边去了,从此走路的姿态就与众不同,每走两步都得蹦一下,让别人看着吃力。老伍奎不同意儿子娶一个瘸腿娘儿们。买牲口还得扳蹄子看看哩,何况女人。但是"飞机"无论如何已经降不下来,老二觉得自己一个人蹦下去有点儿不合适,终于在女人的肚子里孕养了一颗定时炸弹。两人仓促成婚,租了村东九奶的一间闲房,但是两人的承包地仍旧划在老伍奎的名下。媳妇和老公公在同一块地里做活,谁也不理谁。却拿老二做了公用的出气筒。老二像怕蛇一样怕他们。如今父亲没办法再吓唬他了,但他发觉如蛇的老婆已经长成了一条大蟒。大蟒悄悄地缠了过来。"飞机"正在平稳飞行。现在不是他要不要单独跳下去的问题,而是她会不会突然把他扔下去的问题了。她无意把他扔出去。战斗需要他。

老二觉得体温在升高。

"国槐那人鬼得很!看他开支多精,二工头二百,你一百二,兄弟倒抵不上外人!你一百二,老四也一百二,你干的活比他多了多少!说年底分红,阴历年都快到了,咋还不分?说你缺心眼儿你就认了吧!你早晚让人家给算计喽……"

"工程没完,咋分红?"

老二热得不行,他想骂人。

"老三也不是省油的灯。你爹为啥给他盖房子不给你盖,还是人家嘴好,说了啥咱们八辈子也想不到!他是吃公粮的,又是弟弟,有良心不早就把房子让给当哥的了,他可跟你说过一个字?良心狗吃了……"

老二摸摸胸口,觉得心正在沸水里煮。

"老四是个杀人的坯子,你别挨他。村西大山子的妹妹有回跟我说,老四要强奸她来,你看多吓人!"

"强奸了么?"

"没成。她一个嘴巴把他打睡下了……他喝了不少酒……"

"那丫头不是好货!"

"你咋知道?"

"看一眼就全明白。"

"你看啥来着?"

"我……我什么也没看!"

"看了啥?你给我说清楚!"

"让我睡吧……困坏了。"

"说清楚!"

"……我看了她脚后跟。"

老二心想你别刮了,干脆宰了我吧!

在二十里外的柏峪,老四像走进了屠宰场,浑身几乎一丝不挂。他披着同学的被子,万念俱灰,左眼不知为什么有点儿斜。他知道输惨了,也冻坏了。他愿意现在就去炸碉堡、堵枪眼,跟狗日的什么玩意儿同归于尽。但他手里还有最后一张王牌。他要试试。

他从挎包里掏出了那双白色的旅游鞋。秘密只有他知爹知。夜色迷茫,老父亲在黄泉道上正光着脚赶路,只好请老人家原谅了。想到如何瞒着兄弟们扒下它,他脊梁沟直冒冷汗。然而孤注一掷的光辉时刻到来了:

"下注吧,看哪个兔崽子配穿这双鞋!"

老伍奎保佑,他儿子坐到庄上下不来了。老四横扫了骄横的对手,眼看几个人输得面孔发绿,他就说不要钱了,他要他们的棉袄,棉裤也行。几位冷冷地表示请不要说笑话,他说不是说笑话,桑峪供销社没有手纸,他想要这几件棉衣擦屁股用。同学那张绿脸变换了十二种颜色,指指炕上的旅游鞋:

"穿上它走吧……兔崽子!"

老四抓着裤腰,胜利地站了起来。

七

曹国槐把父亲拎回来了。长方形的骨灰盒上裹着红绸子,见识不多的乡亲们以为他提了一盒点心。个别人知道那玩意儿的性质,也诧异老伍奎的体积竟如此之小。

老大把北屋板柜上的东西拾掇了一番,给父亲腾了一个居中的位置。骨灰盒左边是一瓶醋,右边是一瓶酱油。两个绿瓶子像双胞胎,更像哼哈二将,不声不响地守护着老伍奎的灵魂和老伍奎肉体的残渣。盒子上镶着亡者五十年代的相片,光头,大脑门,腮帮子鼓鼓的像含着一嘴肥肉,眼神儿有点儿傻。不过总的来看还是不错的,显示了某种程度的满足,对一切都不大在意,包括他现在待的这个鬼地方。他表情呆痴地盯住了走进北屋的每一个人。他给每一个人都留下了栩栩如生的印象。

"添点儿醋不哩?"

老大吃饭时老觉得父亲在跟他说话。他想说不添了,又觉得父亲已经把醋瓶子悠悠地端了过来。死人比活人温柔,这是老大哀伤中的一个重要感想。媳妇说对小盒子里的公公有点儿怕,晚上睡不好觉。老大说你不必怕,活人还怕不过来呢。

活人比死人难对付,这是另一个感想。老大跟老二当着父亲的面打了一架之后,丧父的悲哀便无影无踪了。老二是去要房的,并代表老婆对大哥实施第一轮轰炸:

"爹死了,这事得从根子上说说!"

"你把根子撅起来让我看看。"

"凡事得有个先后,房子老三怕是住不成了!爹欺我你不能欺我,做事得凭良心……"

"房子是爹给老三盖的。"

"我管不着!"

"爹活着时你咋不早说?"

"活时说我也是这个话……"

老二瞟了一眼骨灰盒,发现父亲傻乎乎的,像个受气包儿,顿时信心倍增。哪怕父亲从里面跳出来,他也有胆量把他劝回去,请回去,塞回去!

"老二,我知道,爹死了你很伤心,伤心得过了头儿,我不怪你……"

"我伤心碍不着你!"

"你少给我拉臊搅臭泥!老婆撒泡尿你就当酒喝,你肠子里的粪什么颜色瞒不过我。回家老实待着,有啥屁留着过了春节再放！你守着咱爹犯浑,小心我不客气。"

"房子不给我咱们就看!"

"看啥?"

"我跟了爹去……"

"我看你也烧得过了!"

老大抓住机会笑了起来,既友善又特别阴险。老二给笑得心里发毛,信心有些退缩。他想扎到老婆的怀里去,但老婆不在附近,附近只有大哥在甜滋滋地冲他冷笑。他觉得大哥正一节一节地数他的肠子。父亲依旧傻呆呆的但表情饶有趣味,似乎也想凑过来数一数,扒拉扒拉。老二一下子开始厌战了。

老大到菜窖里捡了小半篮子黄瓜,交给无精打采的老二,特意说明肚子里有孩子的人必须多吃细菜,多想好事,少生恶念,否则对孩子不利。老二像挨了一颗穿甲弹,接过篮子时已经缺少知觉,木然地盯着大哥:

"你再到窖里给抱个南瓜吧?"

老大想想,又爬了下去。老二追到窖口,匆忙地说出了自己的想法:

"挑个大个儿的,她爱吃花皮儿,不爱吃黄皮儿,你拿不动我下去帮你拿。"

老大半天没有出来,黑洞洞的菜窖里灌满了哧哧的笑声。分手时老大郑重地告诉老二,房子问题是个严重的遗留问题,谁说了也不算,必须大家商量。

"态度要积极,步骤要稳妥!"

老大拍拍弟弟的肩膀,对自己说的话莫名其妙,同时又非常满意。恍惚在广播中听到过类似的说法儿,但他宁愿肯定这话是自己的发明。老二对此表示理解,一时无话可说,便抓起根嫩黄瓜香喷喷地咬了一口。他想着桑峪不多几户有钱人,哪家冬天能吃上细菜?他对大哥生了一股出自本能的敬畏。

回家后老二让媳妇骂了个灵魂出窍儿:

"你个缺心眼子的猪食槽哟!"

老二给数落得晕头转向,跳到猪圈门口蹲下来,看母猪如何在槽里拱嘴,竟感到背上有些痒痒。母猪一窝下了八只小崽儿,媳妇能给他下个什么东西呢?

他突然感到这是件很没有把握的事情。

老二叼着黄瓜离开时,老大也叼了一根黄瓜出来了。他到村委会要了乡政府的总机,让总机那个尖声尖气的小娘儿们给他转邻乡的业余剧团。串了线的电话里面有七八个人在同时讲着什么。嗓门儿有大有小,有公有母。化肥。疥疮。挨千刀儿的。爹。

文件。避孕药。王处长。你好。日你妈。后天再说。五毛还是六毛。柴油……细听五花八门,粗听像讨论着同一件事。

"把你们的狗嘴都闭上!"

老大朝话筒吼了一声,结果讨论得反而更热烈了,有个粗嗓子每隔五秒钟就嘎嘎地笑起来,像点不着火的发动机一样。世上竟有高兴成这种样子的人,老大无法理解。

电话半个小时才叫通,对方不认识曹国柳,也不认识秦琼,但是他认识秦香莲。秦香莲二十八九岁,是雁翅小学的语文教师,一个平时不大说话上了戏台就啰唆起来没完的人。老大说我找的就是这个人。对方不怎么放心。

"你找的是长马脸的那个桑峪人吗?"

"对!就是长驴脸的那家伙。"

"他可是老爷们儿!"

"我知道他是什么做的,快去叫吧,再不叫电话又乱了,趁现在冷清……"

"你等着,等着!"

那边过了好半天才有人喘气,老大想问问秦香莲是怎么回事,忍住了。国柳的声音懒洋洋的,好像刚从被窝里爬出来。老大把房子的风波简要地讲了一遍,国柳长时间不回话,也不问什么。老大以为他不是睡着了就是晕过去了。

"老三,你冷静点儿。"

没有声音,线路嗡嗡的像有一群蚊子飞不出来了。老大知道老三正失恋,语调充满了长兄的小心和亲切:

"你冷静点儿,老三!"

"哥……你刚才说什么?"

"房子……"

"你说谁想抢咱家的房子?"

"说了半天你没听见?"

"我……忘了一句台词,怎么也想不起来了。算啦!不想了……大哥你有什么事快说吧,都在台上等着我哩!"

"娘的……还想不想要你的房子?"

"我的房子怎么啦?"

"塌球啦!"

"哟!是设计问题还是施工问题?损失大吗?没有伤着人吧?大哥……"

"闭你娘的嘴!"

"你等等,等等……想起来了,想起来了……风霜摧了我如花的貌呀……"

老大给气得有点儿站不稳,真想把手伸到听筒里掐住老三的脖子。不掐那脖子也细得不行了,哼戏的腔调像个娘儿们。不过秦香莲最终还是明白了房子的归属是一个比陈世美的归属要严峻得多的现实问题。

老三柔嫩的嗓音开始哆嗦。

"老二……他想干什么?"

"问你自己。"

"他到底想干什么!"

"唱呀。咋不唱你如花的貌啦? 书呆子! 丢了房看你拿什么盖,爹活着养活你,死了别指望我也养活你! 过了春节咱们就分家,各走各的阳关道。我伺候你们这个?"

"大哥,我想找老二谈一谈。"

"谈什么?"

"告诉他我一年能挣多少钱,让他帮我算算,我五年不吃不喝能不能盖下三间房子? 我能把房子让给他,不能,我的房子一块砖他也别想动! 许他不仁就许我不义。我除了吃商品粮,哪儿比得过你们? 你们不能不讲良心! 我平时在学校食堂吃什么你们想过吗? 窝头! 白菜汤! 萝卜丝汤! 腌辣椒……我把钱省下来买书,好一点儿的书我都买不起,六块钱买了一本《小逻辑》,我两天没吃饭！你们让我拿什么盖房,拆我的骨头吗？那么好,老二,你,还有老四,你们一块儿来拆我吧！我早就料到这幕丑剧了。这点儿世态炎凉都看不出来,算我白上了十三年学,白教了八年书！"

"你活该！到我建筑队当会计多好！"

"我热爱教育……"

"教你妈的育！"

"我诅咒你们！"

"你他娘的演戏有完没完啦！"

话筒那边传来了老三抑扬顿挫的抽泣声。老大听出老三已经说不成整句儿,就语重心长地披露了自己的想法。老二的阴谋不会得逞,但老二的困难确实应当解决。不过解决老二的困难不能以增加老三的困难为前提。老大告诉老三,他准备把北屋让给老二,自己携家去住租的房子。老三那边仍旧传不来一个整句子,知识分子好像很难过。老大窃以为三弟是想起了千刀万剐的体育教员,也就不再说下去,三言两语便丢了电话。

走离村委会老远了才听到身后跟着腾腾的脚步声。回头一看是党支部书记,书记嘘了一下,暗示周围有人。他率先钻入一条窄巷,老大利索地跟了上去。两个人活像深入敌占区的八路密探。老大完全不知道书记想干什么,只是顺水推舟罢了。书记突然站

住,以密探头目的眼光盯着他:

"棺材准备好了么?"

说完又神秘地加了一句解释:

"我丈母娘那边的人来了。"

八

抬棺行动遭受了小小的挫折,从下午四点一直持续到日落黄昏。老大丢了寿木,还额外地倒贴了一顿好饭。派老四去请书记,哪儿也没有,厕所的茅坑里也没有,看来是躲到更隐蔽的地方去了。酒足饭饱之后,几位手握木杠的客人,抬着庞大的棺材飘出村子,浩浩荡荡地奔驰在蓝色的夜海里,像一艘船或一艘潜艇。

"老四,你干啥去?"

"我送送他们。"

"别去了,给我揉揉腰吧,刚才闪了一家伙。"

"让嫂子给你揉吧,我送送爹的棺材。"

老四撇下老大,跟着棺材走了一会儿,刚出村口就拐上了去水库的小道。大坝值班室的电灯遥远地亮着,像鬼火,像骚娘儿们的眼,那里有一场激烈的赌局正等待着他。

村口道旁的榆树底下蹲着一个抽烟的人,棺材过去之后那人从阴影里踱了出来。老四走过去借火,发觉此人正是他找了半天没找着的党支部书记。

"我哥找你喝酒,你哪儿去了?"

"我看看村里的暗渠,有几处漏了。"

"书记辛苦啦!"

"你哥找我干啥?"

"装什么洋蒜?你买的那口棺材差点儿没把我哥砸死!"

"别胡讲,我啥时候买那玩意儿了?"

"算啦,算啦!棺材让你婆娘家的人抬过去了,你看得清楚,回家睡个好觉吧!"

"老四,你大晚上的干啥去?"

"我可不想入党,你想管就管我哥去。"

"年轻人要学好,你看你哥那人多正派……你到底干啥去?"

"抓流氓。"

"冬天野地的抓什么流氓?我看你就像个流氓!"

"我要是流氓就专干你家大丫头!"

"这小子……"

"库里有人凿冰偷鱼,值班员让我帮他抓贼,人手越多越好,你也来吧？不来？那我一人去了，给村里人训话可别忘了表扬表扬我，我是革命流氓，拜拜……"

"这浑小子！我让你大哥揍你。"

"我一条胳膊摔你们俩！"

老四吹着口哨走了。四十岁出头儿的党支部书记对着他的背影像吐石头子儿似的连连吐着唾沫，直啐到舌尖发麻。他试着吹了吹口哨，怎么也吹不响。直到走进家门，他的嘴仍鸡屁股似的固执地噘着，仿佛在吹一碗看不见的热汤。他决心已定，早晚要抓到曹国杨的把柄，给他点儿颜色看看。如今的年轻人真是越来越不像话了，说话跟放屁一样！

说话犹如放屁的老四已经杀进了赌场。

夜里的桑峪很安静，但是老大曹国槐睡不着觉，腰疼，后脑勺疼，尾巴骨也难受，好像全身的骨头都出了问题。老婆上上下下为他揉了揉捏了捏，不像凑合事，可是越侍弄越不舒服。他想老婆那只手如果是一把十二磅的大锤子就好了，八磅的也行。

"把笤帚疙瘩拿来，从脖子往下敲！"

"笤帚找不见，窗台儿上有个棒槌。"

"棒槌就棒槌，你掂量着敲吧。"

他的脊梁立即发出了咻咻的拍打烂棉花似的声音，舒服了不少,然而更不想睡了。炕角里九岁的儿子睡得像个少女,十二岁的女儿却老爷们儿似的打着呼噜。老大点了她屁股一脚,鼾声未断,只是变了一个奇怪的调子。两口子咪咪地笑起来。

"丫头前几日磨叨,担心寒假过了上不成学哩!"

"咋了呢?"

"教室西山墙裂的大缝有一拳头宽了,说不准哪天就塌下来。"

"村长跟我提过这事。"

"想让你的建筑队给修修么?"

"他叹苦经,说村里没钱。"

"跟你要钱了?"

"没明说。"

"我看他们没安好心!"

"你老娘儿们懂个啥,我血汗钱是好掏的?别说村里,哪个也别想掏了就走!"

"吹吧!棺材咋没了?"

"要不说你是老娘儿们哩!"

"凭你是猴儿精也得遭人算计喽。"

"我是孙大圣……轻些!牛脖子也给你拍断了,哎哟我的腰眼子!算了吧,算了吧,睡你的去,我到外边走走把骨头缝儿对上……你给我扇丫头一个嘴巴,鼻子里走飞机哩,什么屌睡相!"

老大在院子里抽了一支烟,然后张牙舞爪地动弹起来。这是早年习瓦工时跟一位河北师傅学来的,套路叫做滚雷掌,打起来却没有一点儿声音,举手投足都像兽医的助手,正在捆绑一匹不打算接受阉割的马。躲闪的动作也妙,就像侥幸没让牲口蹄子蹬了裤裆似的。

走完了六六三十六个招数,他想起一件重要的事情。离春节还有一个多礼拜,思想汇报还没着落,不如趁现在血脉松弛赶紧打发了它。三十六招都走下来了,添一个大架子收势算不了什么,好歹也睡他娘的不着么!他从女儿的作业本上拆了两张纸,伏在灯光幽暗的大板柜上编撰起来。他毅然奋笔疾书,写得自己越来越感动。皱巴巴的小字像花儿一样一朵接一朵没完没了地开起来了,他闻到了它们的香味儿。

  我要入党,好好给党干事。我干的事都是给党干的,干事的时候我一直想着党,没事干的时候我也想着党。所以我要入党,好好干共产主义,干四化,干建筑。我想一辈子干建筑,党给我承包了三年,已经干了一年,我想给党干一辈子。希望党把建筑队交给我,我一定好好干共产主义和四化。我爹是上中农,我记事那年往后,他一直比地主还老实,可是我一直入不上团。我家人口多,我弟弟们都能吃饭,口粮没一天够过。我十四岁那年偷过队里几斤白薯,民兵把我脑袋打破了,我爹把我嘴皮打破了。我一直觉得对不起党,对不起毛主席。那时毛主席还没犯错误。以后村里人说我偷这偷那,都是考验我。党把建筑队包给我,是信任我。所以我要入党。我爹死那天还给我说,让我迟早入到党里去。他火化了,党就是我的亲爹。我要给党包好建筑队,争取一辈子包下去,为共产主义事业努力奋斗。

公鸡嘹亮地叫了头遍,声音有点儿愤怒。老大也想叫一声,忍住了,得意扬扬地收拾了纸笔。只上过五年小学,以前还从来没有为自己的文字如此得意过。他本可以把好情绪至少保持到早晨,可惜他很不明智地往醋瓶子和酱油瓶子当中瞭了一眼。平时显得傻乎乎的父亲变狡猾了,目光恶毒,看透了儿子居心不良。老大不承认自己扯谎话,但父亲生前的确什么都没说。不说不等于没那个意思。父亲实不该用这种眼光看他,入党那么难,儿子需要的是鼓舞和鞭策。老大把女儿的书包挪过来,堵住了似乎要揍他的父亲。板柜后还有老鼠在溜达,他竖起耳朵,不敢断定那是不是骨灰盒里的人正悄悄爬出来。他对自己的肺腑之言丧失了信心,觉得是有点儿露骨了,真话谎话都不是这么个编法儿的。老三要在就好了,那小子拿嘴说谎不脸红,在纸上编瞎话一定非常地道。

老大准备解个手回来睡一觉,在台阶下边踩翻了鸡食盆子,跟跟跄跄好不容易才站稳。老婆醒了,不过听声音还在梦里没出来。

"孩子他爹,打不过人家就别打啦。"

"打?……老子就要打,打死狗日的!"

老大突然生了一股邪火,追着鸡食盆子又踢又踹,院子里咣咣当当乱响,好像有五六个人打成了一锅粥。老婆梦游似的尖叫起来,女儿打了一夜的呼噜反倒一下子没有了。

"孩子他爹顶住!我来帮你……"

"喔喔——喔……"

桑峪的公鸡们愉快地叫响了第二遍。

九

河滩地上的新房子铺了白色的水泥瓦,门窗也装好了,剩了不少合页。从养路队办公楼工地拉来的白灰和沙子没有用完,黄一丘白一丘像两座美丽的坟。盖房的工匠是曹氏建筑队的技术骨干,质量精益求精,宅基四周清理得非常整洁,甚至为新房的火炕点了火。炕道畅通,炕面温度平均。一切都令人满意。曹国槐给他们放了假,吩咐正月二十二日在县城蔬菜公司集合,迟到者解雇。

二十二号是新合同开始的日子,目标是盖一座多功能饭厅,使它具备临时仓库、临时礼堂、临时电影院及临时舞厅的作用。老大向蔬菜公司要了七十万元,声称再加三十万,他有能力把它盖成中等旅社,而不耽误职工就餐和娱乐,也不耽误领导传达文件和储藏一百吨西红柿、茄子、大蒜等等和公司业务有关的一切物品。蔬菜公司的负责人在最后关头丧失了魄力,他们缺乏进菜的调转资金,也缺乏改革的顽强意志。但是他们同意再加五万元,在六不像的建筑里独立安排一个角落,配豪华餐室和休息室。老大哀叹瓷砖和大理石贴面价格狂涨,对方却说把你的皮剥下来贴墙我们也管不着,一分不多给了!老大真像剥了皮一样咬紧牙关签了字,肚子里却心花怒放。

工匠们领到红包屁颠屁颠地离了桑峪。二工头来电话汇报工程进展情况,说内装修春节前怕是完不了啦,因为有四个工友在工棚里中了煤气。为了节约开支没有送县医院,他把他们扛到菜地里冻了半个时辰给每人灌了一碗酸菜汤。四个人里有三个人会说话了,还有一位舌头不利索,不过那人本来就不爱说话。伙房里酸菜汤有的是,二工头打算再灌灌那小子,观察观察再说。老大夸奖二工头处事有方,随之灵机一动。

"酸菜汤不行,你给他……来点儿醋?"

"醋?"

老大突然感到嘴里酸得不行,就不再解释。他吩咐二工头率领弟兄们坚守阵地,凡春节继续工作的,他准备给每人加两个数的奖金。

"……二十?"

"太小看我了。"

"二百!"

"喝酸菜汤那几个想过节放他们走,跟着干的每人再加一个数。"

老大压低了声音,二工头那边也神秘起来。老大想,这小子怎么这么懂事?

"总务科长有什么动静没有?"

"来过,我说你节前来工地,这几天他没露头。我掂量火候差不多了……"

"他往桑峪来过电话,我没接。"

"他再找你,我跟他说什么?"

"说我病了,拉稀、感冒、长疮都行。"

"别说两岔里去。"

"那就……干脆拉稀吧!你挺起来好好干!蔬菜公司那边快上马了,我对你怎么样你心里有数……"

老大扔了电话,觉得肚子有点不舒服。二工头是河北人,外乡朋友介绍来的,狗一样的忠诚性格让人没法儿放心。他不怀疑有人啥时候会狠狠咬他一口,但千万别咬他的脖子。咬住脖子就咬住了他的命,再怎么挣巴也没啥意思了。人想有点儿出息,得磨好自己的牙。老大认为最锋利的牙应该长在心窝上,嘴里的牙都是摆设。

老大通知老二把拖拉机开到宅基上去,又回家招呼老四。厢房的小炕少了爹和棺材,显得很开阔,老四脸朝下扣在枕头上酣睡。墙上新贴了一张大美人儿,母驴似的叉着两条腿,嘴咧得像两片西瓜,手伸到背心底下仿佛逮着了一粒胖虱子。这娘儿们是外国种,很可能是个婊子。老大轻蔑地把她研究了一遍,大声召唤老四起床,同时发现窗台下边那一溜墙根已经贴得花花绿绿,古今中外的娘儿们从炕头一直排到炕屁股上去了。老大暗自检讨,决定过年后必须为四弟张罗一个对象,否则这群没名没姓的臭婊子们非把老四毁了不可。

"快起！夜夜不睡觉,白天睡不醒,你一天到晚活得还有个人样儿么？昨黑间又干啥去了？你说说！"

"待会儿想起来告诉你。"

"那点儿出息！别人干一天活躺下来指望睡个囫囵觉,你他娘躺下来就琢磨这些烂玩意儿,你相中哪个啦？"

"你别讽刺人！我看上哪个算哪个！"

"……老子今天让你看不成。"

老大把那些画页撕下来,撕得不干净,墙上留着支离破碎的脑袋、大腿、胳膊。老四打着哈欠,对这些纸上情人的遭遇无动于衷。他从枕头下边摸出圆珠笔,为一张残留的女性面孔描了两撇小胡子,又让她嘴里塞了一个烟斗,还想再添点儿什么。

"正想换一批哩,这些都玩儿腻啦。"

老大以迅雷不及掩耳之势给了他一拳。拳头击中了肩胛骨,老四睡意蒙眬的嘴唇在女人刚刚长出的胡须上飞快地吻了一下,牙缝顿时出血。老四什么也不说,默默地擦嘴,擦嘴的时候又用另一只手为女人画了一副眼镜,紧接着把眼镜改成了墨镜。最后,他咔吧一声折断了圆珠笔,扔在大哥脚下：

"曹国槐,咱俩都记住,这是你最后一次打我。从我六岁起你就帮着咱爹打我！你该打够了吧？咱爹打了我有八百回,我早就百炼成钢了。实话告诉你,老东西要不是我亲爹,老子早就一个大背跨把他扔猪圈里了。你手脚放规矩点儿,我认你是大哥。你手痒痒了打嫂子去,打孩子去,算是有男人的本事!抽驴一样抽我,小心老子炝蹶子不认人!你不信咱们就走着瞧,县长要敢动我一指头我也敢宰了他,我他娘早就活腻歪了!"

老四的表情野蛮而伤感,嘴角滴着血,像活嚼了一只耗子。老大为这种坦率的表白惊异,同时在心里默默地温习他的滚雷掌。他琢磨从哪个角度劈下五指才能让小浑蛋闭嘴,砍鼻子一下如何?削那扇风耳一掌又怎样?老大最终未敢动手,倒不是害怕老四用大背跨把他掀猪圈里去,而是深感滚雷掌不太实用,打哪儿也解决不了问题。

老大只好在舌头上滚雷:

"能的你!有本事把枕头塞鼻子眼儿里让我看看,把耳朵里的杂毛儿揪出来让我看看!你倒气大的不行……前年不是我把爹的菜刀夺下来,你那俩屁股蛋早给片没了!起床,跟我到宅基运白灰、沙子去……"

"建筑队放假了,有活儿你找别人吧。"

"……你干不干?"

"不干!"

"不干好说,听着……"

"有屁你就放好了。"

"从今天算,你被开除了。想端谁的碗随你的便,老子不用你了!"

老四伸伸懒腰,钻进了被窝。这种满不在乎的样子对老大是个不小的打击,他哆哆嗦嗦地退出厢房,走到宅基地时嘴唇仍在哆嗦,正在擦拖拉机的老二以为他出了什么毛病,像是打摆子的抖法儿。

装了一车沙子之后老大镇静了,吩咐老二把车开到桑峪小学校,路上有人问就说是修教室用的,别的不要多讲。拖拉机务必走村东土路,那儿人多眼多嘴多,绕半里地划得来。老二听说沙子灰要白送,准备垒院墙的砖也白送,有点儿不乐意。但是老大对付不了老四那条癞皮狗,对付老二的榆木脑袋却很有办法。

"你媳妇娘家上次想要点儿砖,我没给,你还记着?不怪我,是爹不让给么。"

"挺好的材料……可惜了的。"

"你以为我愿意割自己的肉?多少把刀子对着我,你知道么?咱们不能等人家先下手,得争取主动,把他们的刀子焊在鞘儿里!"

"尝了鲜味儿了不得,哪个胃口不大?"

"你胃口怎么样?"

"……这跟我有啥关系!"

"有关系。蔬菜公司那边有台旧130,我打算给你挖过来,想开不想开?"

"……多少钱?"

"钱你就不用管了。只要建筑队牢牢地包下去,再干两个工程我保你捞一台大解放。"

"我倒没啥……这白灰成色多好,眼下砖又涨钱了,可惜……"

"快开吧。我比你心疼……开你的吧!"

老大的嘴唇又哆嗦起来,他最近的确有点儿不大善于控制自己。老二拉完一车沙子返回,远远地看见新房子前边的空场上有人龙腾虎跃。情绪激动的老大正在演习滚雷掌,他又拍又打又踢又踹,煞是威风。

"哥,你有两下子!"

"两下子?"

老大犹豫片刻,嗖的从砖堆上撤下一块红砖,像揍儿子屁股似的把它按在膝盖上,挥掌猛削,同时嗷的大叫了一声。削了三四下,不争气的倔砖头好歹断成了两截儿。

"对付老四够用了吧?"

老二连连后退,没听懂大哥是什么意图,只感到脖梗子后边嗖嗖地直冒凉风。

十

春节前两天,老大曹国槐悄悄潜入县城。他没去工地,没去蔬菜公司,怕碰上熟人,进银行之前在马路对面不停地溜达。从银行出来他一头扎进了邮电局。他嘴唇上叼着两个钢镚儿,一边东张西望,一边鬼头鬼脑地拨着电话,像老练的间谍。他叫通了县城附近的国营兵工厂基建科,对方正是那位合作者,一个胆小如鼠的设计师。

"东西怎么样了?"

"过了春节能搞完。"

"辛苦啦。把你的宿舍地址告诉我。"

"干什么用?"

"汇款。"

"老曹,这个事我没有把握,你们做得千万不要太过分,否则我以后不好收场呀。"

"放心,先付百分之五十给你过节用,没别的意思。要不你来一趟?"

"不用了吧……我的地址是……"

联络完毕,老大按地址汇出了整整一千元。知识分子扭扭捏捏的口气让他很不愉快,这些婊子养的想钱想得两眼发直,见了钱倒像不认识那是什么东西了!第一次见面是朋友牵的头,当时老大喝酒过多,口口声声要给人家跪下。对方答应协助设计六不像饭厅,而老大一举节省了八千块钱。马路上竖着走横着滚的东西们个个都是人民币的干儿子干闺女,想活得自在必须孝敬。知识分子也算得上好儿郎,就是太假了点儿。他们哪怕瘦得剩了一层皮也得找点儿泥巴糊上,使自己显得挺肥。老大瞧不上这样的人。他觉得曹国柳就是这类货色。

老大买了南线的长途汽车票,赶到邻乡业余剧团时已黄昏。乡政府所在地笼罩着越来越浓的黑暗,整条山谷没有灯光,正是该地区停电的日子。老大在文化站的道具库里找到了人不人鬼不鬼的曹国柳。小房间的铁炉子上蹲着吱吱冒气的水壶,桌面上燃着一只白蜡。床是道具箱子搭的,老三盘腿坐着,全副浓妆,像一个独守空闺的古典美人儿。秦香莲正往饭盒的菜汤里小心翼翼地掰着窝头。老大半天没吭声,似乎在全力欣赏这一悲剧性的戏剧化场面。他很痛心。

"瞧你大红大绿的多寒碜!"

"准备最后一次联排,谁知停电了。"

"受他娘这个罪,图个啥?"

"我觉得民间艺术挺有意思。"

"扮谁不好,扮个娘儿们!"

"不说啦……你找我干什么,老二把房子抢占了吧?我可以想象……"

"窝头多不多?"

"还有俩,明天的早饭。"

"给我烤炉子上,我还没吃饭哩!干这份儿鬼差事他们给多少钱?"

"……这是次要的。"

"总得给点儿吧?"

"……五十。"

"狗日的,这是驴拉脚的价钱!"

老三不反驳,但是涂了粉的马脸蛋子上蒙着深刻的悲哀。兄弟二人打扫了四个窝头,老大给自己倒了一碗开水,一边喝一边说明自己的真实来意。他想让三弟给自己制造一篇合情合理的思想汇报,更充分地表达自己对党的认识而又不带一点儿欺骗。他固执地认为自己的话由别人来说可能更容易令人信服,就像乡长县长们不说别人的话就说不成自己的话一样。他觉得老三应该知道其中的奥秘。他不好意思地掏出了自己写的那张纸。老三翘着小拇指捏着它,读过一遍之后表情开始明朗。

"你对哪儿不满意?"

"活像拉屎擦不净屁股,越抹越腻歪!"

"……你这个比喻很不严肃。"

"咋严肃咋弄吧,你帮我顺顺……别瞧不起你大哥,我办这个事是真心的。"

"我不习惯口是心非这一套。"

"越求你你他娘的越严肃得不行了!你到底写不写?"

"……我试试。"

"求你杀人也没这么难!"

"我琢磨不透你。"

"少跟我严肃!我也琢磨不透,琢磨透了我还不入这个党哩,入进去再琢磨吧。"

老三怜悯地看着大哥。大哥的脸很疲劳,食道癌晚期的父亲常常有这种表情。父亲是因为吃不进东西,而大哥却是由于拉屎擦不净屁股了。这的确没有什么不严肃的。他没有理由不把哥哥从肮脏的处境中解脱出来。老三从枕头底下摸了几根蜡烛,在小桌上摊好纸笔,暗自揣摩为香莲写状子的讼师千把年前会是怎样一种心情。

老大铺开老三的被子,脱光衣服钻了进去,说前半夜老三写他睡,后半夜老三睡他抄。老三对此没有异议。老大蒙眬中想起另一件重要的事,在棉袄内襟的口袋里摸索起来。他递给老三一个蓝皮儿的存款折子,老三看了看,脖子立即红得跟脸上的油彩一个颜色了。

"你……你这是什么意思?"

"你留着花吧。"

"你搞贿赂搞昏了头啦?"

"我收买你有什么用?看你可怜,想帮帮你,以后缺钱花了找我。看上哪个小娘儿们了就花个样子给她看看,别他娘老是穷酸穷酸的让她们小瞧了你!"

"……这太多了吧?"

"你花不着自己去办个死期的……我困死啦,好好拿笔撩你的,咋撩都成,人不信狗还信哩……你好好帮我汇报一下吧,我估摸下一批他们得发展了我,书记那狗日的……你把脸洗洗再写,蜡烛照着像个生鬼,吓死谁!我睡了,编妥了叫我……"

老大翻个身直奔梦乡而去,老三洗了脸之后心情仍旧无法平静。两千块钱的存折封闭了他的思路,一个字也写不出来了。他首先想到的是明天立即买一双尼龙袜子,他的袜子露了脚踝和脚指头,晾在文化站院子里使进进出出的年轻女同志直皱眉头。其次是买块手表,他那块手表的时针和分针已经有两个月不动了,秒针却像指南针似的不停摇摆。修不胜修,却不能不戴着,没有表就像口袋里没别钢笔一样令人若有所失。最后是加强营养,为清贫的伙食添点儿肉类。近来排戏时常常感到底气不足,遇到秦香莲不得不唱的大唱段,高腔儿一拔再拔也悠不上去,憋得人眼冒金星。他明白,要想悠上去必须得来一只鸡,至少没有两只鸡腿儿是不行的。两千块钱的鸡腿儿够他吃一辈子,他在蜡烛的光晕里看到了数不清的家禽的爪子,滴滴答答地往桌子上掉油水儿。大哥交代的几张纸却一片空白,思想汇报里的思想不知躲在什么地方,迟迟不肯露头。老三认真地搜索它们,与两千块钱勾起的各种欲望缓缓搏斗。他很惭愧。当他设想用这些货币可以购买多少图书的时候,他的惭愧稍稍减轻了一点儿。老三盯着被子里五尺来长的物体和枕头上那个黑乎乎的后脑勺,确认那里面的确埋伏着许多思想,值得向党郑重地汇报一下。如果手里不是一支笔而是一把解剖刀,他很可能会忍不住把大哥的天灵盖撬开一条缝儿,以便看看里面到底是什么东西。

老三把存折塞到一个眼不见为净的地方,开始操作生花妙笔。他为大哥赤裸裸的思想砌上了一层生动的外壳儿,但在最后一句却陷入了难以摆脱的雷同。大哥的原话几乎没有了,但老三很分明地看到大哥从被窝里爬出来,在昏暗的烛光里哆哆嗦嗦地举起了拳头,面壁喃喃有声。

为共产主义事业努力奋斗!

大哥宣誓完毕又刺溜一下钻到被窝里去了。这个幻视幻听的感觉使老三很感动。作为代言人,他不再为自己的抄袭而难过。的确找不到比这句话更妥帖的誓言了。

然而,这个吹气、磨牙、鼻孔里堵了鼻涕的睡着的脑袋到底塞了些什么玩意儿呢? 老三犯了庸人自扰的臭毛病。乡村知识分子对农民企业家展开了又一轮崭新的研究。两个幽灵在业余剧团的道具库里上下徘徊。老三睡意全消,被戏曲压抑了的哲学灵感终于复活了。他认为自己已经掐住了大哥的脖梗子。

世界是圆的,你把它看成方的就不对了。你把它当成一

个球,你一踢它就乱滚乱窜的球,你就抓到了人世最可宝贵的东西——自由和欢乐。请尽情地踢它吧,踹它吧!

老三在纸上写了这样一段话,越读越觉得精彩。他吐了口唾沫,把它贴在道具库的墙上。他不假思索地为它署上了一个伟大的名字:黑格尔。他本来想署马克思或毛泽东,但黑氏格尔显然比他们神秘了不少,而且这地方的绝大多数人都不知道他是谁,随他们猜他是哪个庙的癞和尚去好了!

老三兴奋地摇撼老大。老大睁开眼,看到一张发青的马脸朝他伸过来。老三的牙似乎比平时大了许多倍。咯咯地咬动着:

"大哥,你的动机到底是什么?"

老大的眼又粘上了,似醒非醒。

"大哥,说说你的动机!"

老大仍旧未睁眼,不好意思地摸了摸鼻子,他含混地解释了与加入任何政治团体都没有任何关系的所谓动机。

"你嫂子想住那新房子,别的动机没啦。先付你两千块等你结婚我给你盖新的!你一时半会儿结不了婚就是了……"

老大甜蜜地吧嗒着嘴唇。他又听到了马牙咯咯咬动的声音,但他很快就睡过去了。老三本指望寻找大哥的思想,结果自己的思想却遭受了愕然一击。他的愤怒含有梦境的味道,不久也半睁着眼睛睡着了。他披着大衣端坐在椅子上,睡姿很古怪,仿佛在默诵刚刚出笼的黑格尔的格言。蜡烛燃尽之后黑暗淹没了道具库,他仍旧那么坐着,背影非常阴森,他的确睡瓷实了。

"你不爱我我爱你爱你不就完了吗?你打他八个耳光六个耳光不就完了吗……"

老三很清楚地说着梦话。他在梦里是个气势磅礴语言啰唆的人,嗓音也粗,没有一点儿秦香莲影响的痕迹。那晚老三坐在椅子上,做了不少大老爷们儿的梦。那些梦的动机很有趣,有趣到别人不明白他自己更不明白的有趣的地步了。

十一

大年三十下了一天雪,世界变得干净。因为有风,干净的世界添了点冷酷。村道上密密麻麻的脚印都是黑的,牲口的蹄迹也是黑的,屋顶和村后的山峦则一片洁白。打枪一样的鞭炮声此起彼伏,老实巴交的桑峪小村像是被偷袭的敌人包围了。

下午二工头来电话拜年,顺便报告酸菜汤战术圆满成功,不会说话的家伙已经会说话了,只是话出乎意料的多,是不是煤气中毒的后遗症尚待观察。老大表示满意,认为会说话了就行,话多话少是那人自己的事,咱们已经不必为此负责。二工头说对,很对,那人想说什么就让他说去吧。老大得知工匠们对加班充满热情而对春节不屑一顾,心情难以平静,使用颤抖的嗓音向弟兄们表达了节日的慰问,并在内心深处向他们致以无产阶级的战斗的敬礼。在想象中他自己是个了不起的首长,那些躲在养路队办公楼里等待挖洞的人则个个都是英勇的战士。他率领他们战斗,然后给他们发钱,他绝不会亏待弟兄们的。

"猪肉买了吗?"

"买了……还买了半筐处理橡皮鱼。有几个捣蛋鬼硬说臭了,多放几瓣子大蒜肯定可以解决,你放心吧。"

"多放点儿姜!"

"知道了,我有办法。"

"好好干,兄弟!注意别让他们吃多了。小心煤气,一定要小心煤气!"

老大搁下话筒,抹掉了鼻子上几粒黄豆大的汗珠儿。他从村委会里间屋走出来,看到党支部书记和村长正在外屋靠墙的桌子上下象棋。那是一盘不太容易下出结果的棋,因为智力稍逊的村长每到危急关头就采取拖延战术,把所有剩余的棋子都用衣襟或袖口擦上一遍,像吃水果前的卫生动作。书记则像一只大度的猫,对走投无路的老鼠显示了某种宽容。两个桑峪将帅的脑袋后边各有一面锦旗挂在墙上,一面奖的是计划生育模范村,另一面奖的是灭鼠先锋。旗子一尘不染,但是夏天打死的几具苍蝇尸体仍旧标本似的粘在上边,像红底儿上点缀的几朵小黑花儿。老大在楚汉交界处站下来,发现村长的主帅已成瓮中之鳖,连忙递给他一支烟以缓解他的痛苦。村长趁势拨乱了棋子,把支书的两个车扔进界河。

"不是犯痔疮,我就赢了。"

"你用屁眼子下棋吗?"

"下棋高手屁眼子都好,耐坐么。"

"关键不在下边而在上边,脑子。"

"对,脑子害不了痔疮。"

两个斗士舌战了几个回合,开始抽烟。书记手里攥着一门炮,居心叵测地看着老大。老大鼻尖上又凝了汗,像挂着一粒鱼肝油。他到门口吐了一口痰,看村委会四周没有外人,便从衣袋里攥出了两个红包。包不大,但是叠得很紧,掉在桌面上像两枚硬邦邦的棋子儿。两个斗士交换了眼色,迅速结成联盟。

"你这是干啥?"

"你这是干啥?"

老大盯着他们的嘴,像盯着两个臭烘烘的肛门。他谦虚地微笑着,做出害羞的惊慌失措的模样,但内心却盼望他们统统染上严重的痔疮乃至梅毒。

"两位辛苦了。建筑队能有今天多亏了你们,我姓曹的不报答你们就是蛤蟆变的!这点儿意思拿出来挺不好意思,我实在没别的办法啦。你们不收我就换个办法,我给两位磕头拜年,我现在就给你们磕!"

"别!有话好说。"

"有话好说,有话好说。"

书记有动纸包的意思,村长的手也跟着搁上了桌面,哆哆嗦嗦地准备包抄过去。但是没等书记把手里那门炮扔掉,屋外突然发出一声爆炸,惊得老大赶紧闭眼缩脖子。他睁眼的时候,两个小纸包已经不见了,书记和村长在闷头抽烟,古怪的表情就像被炮弹皮击成了重伤。又响了一声,像放屁一样,这个麻雷子不如上一个,有点儿潮。

书记又顽强地拎起了那门又扁又圆的大炮,对着窗外的雪光抚摸着看着,像瞄准。村长在衣襟上擦一个小卒,老大担心他擦干净了会把它一口吞进去。

"国槐,有了钱不弄台彩电看看?"

"哪有闲票子喂那玩意儿。"

"乡里要建电视播转台你知道么?"

"听说了。"

"是火村几个窑主合伙捐的钱,你知道捐了多少? 六万! 几个小子真聪明,每人花一万多,谁看电视谁就忘不了他们的好,这钱花得真值!"

老大半天对不上话,觉得炮弹击穿了自己,在肚脐那儿钻了一个透风的大洞。书记的炮不响了,村长却从另一个方向摸过来,要揪揪他的肝扯扯他的大肠。

"国槐,小学校你就别费心了吧?"

"没啥费心的,这是我们兄弟几个应尽的义务,我们的孩子迟早都在里面念书么。"

"是这样……村里想建一座养老院,把孤寡老人集中起来,有七八间房子就够了。昨天开会研究过了,眼下……就是缺钱。你是盖房的,我和书记都想听听你的意见。"

老大的话又接不上去了,桌子上乱纷纷的棋子分明是他的五脏六腑,已经被割得零七八碎了。他强忍剧痛,龇牙咧嘴地笑起来。

"你们这么信任我,我不拿个主意就对不起你们了。容我再想想,等蔬菜公司的工程搞完我给你们准话儿。"

"你肯定赚一笔。"

"我赔光了也得对得起村里的老人,我对不起他们得对得起组织,再怎么着我也不能对不起你们二位,你们这么信任我……"

"组织上考虑问题是从那些无依无靠的老人出发的……我和村长微不足道,我们离别人养活的日子还远着呢!"

书记严肃地开了最后一炮,看看村长!

"你屁眼子咋了,再来一盘?"

"来一盘就来一盘……这阵儿不痒了。"

老大腰板笔直地走出村委会,踏着积雪东倒西歪地往家走。风吹透了脊梁,肚子上的大洞好像还在,嗖嗖地过冷气。想到自己说的软蛋话,觉得自己的嘴也成了肛门,臭烘烘的让人恶心。他从树梢子上捏了两把雪,使劲往臭洞里塞,堵得牙根子生疼。

晚上,除夕的鞭炮声响成一片,风里的火药味儿使乐悠悠昏沉沉的桑峪充满了战争气氛。机关枪哒哒哒扫射,手榴弹发出接连不断的巨响,快乐的山村正在陷落。曹家小厢房里的战斗也接近了尾声。

三个兄弟围着小炕桌坐着,每人面前摆着一个酒盅,还有一个酒盅满满的没人喝,筷子也没人动,那是父亲的一份。他们的父亲被儿子们从北屋请过来,正缩在上席桌面的木板底下,忧郁地看着他三个儿子的六只大脚。老二和老四在数钱,老四数了一遍就不数了,老二则数了三遍,往指肚儿上吐的唾沫有一半儿喷进菜碟子里:

"咋少一张?"

见没人理会,老二又唰唰地数起来。老四叼着一根猪尾巴,不吃,让它在嘴缝里耷拉半截子,像含进去一条整蛇。

"不能再多了,得存着盖养老院。"

"别把我们都当傻子,你的钱盖十个妓院都花不了,别把良心一块儿日巴喽!"

"老四你别犯混,前几日我说话是玩笑,你要再不争气再捣瓯耙蛋,我真辞了你!"

"说好了分一千块,咋又五百了?"

"我说过了,攒着盖养老院。"

"亲哥当不好,倒抢着给人家当孙子!"

老大把满满一杯酒泼在老四脸上,老四一惊,猪尾巴哧溜钻进了喉咙。他扬了扬脖子,好半天才咽进去,浇了酒的脸一片紫红。老二惊恐地看着他们俩,表情痛苦:

"大哥,是少了一张。不信你数数。"

老大从口袋里掏出十块钱扔给他。老四下炕穿鞋,临走杀声杀气地丢下一句话,把在北屋说笑的女人和孩子们都惊动了。

"钱是你婊子,你好好日她好让她给你下崽儿吧!我日你们钱串子的奶奶!"

酒盅湿漉漉地朝老四的脑袋追过去,迟了一步。兔崽子已经咣当一声闯出了院门。老二把爹的酒盅端给大哥,往大哥碗里夹了一扇扇鸡翅膀。老大感激地摇了摇头:

"你也走吧,守岁别忘了想想咱爹。等过了年咱们把房子换过来,你媳妇嫁到咱曹家也不容易,哥吃点儿苦没啥,不能难为你们。"

"大哥……老四再要浑我帮你收拾他!"

"不用,我两根指头就能捏死这臭虫。"

除夕夜安静了。老大把骨灰盒抱回北屋,坐在炕沿子上默默地守岁。媳妇和孩子们熬不住纷纷睡倒,女儿的鼻子又吭哧吭哧地开起了火车。傻乎乎的老伍奎什么也没吃着,却用酒足饭饱的眼神儿看着他的长子,很慈祥。老大脑袋里空荡荡的只想痛痛快快地掉几滴眼泪。银行里存了多少钱只有他心里明白,他高兴。他不知道盖十个妓院需要多少钱,但老四肯定小瞧他了。他不怪那个小畜生。

老大曹国槐凌晨起来撒尿,离开猪圈看到院子的雪堆旁蹲着一个人。那人起身朝他一步一步地逼过来。老大惊慌中忘了他的滚雷掌,摆了一个狗躲棍的窝囊姿势。

"再给我五百!"

"……老四?"

"把欠下的五百给我,现在就给我!"

"我撸你!"

"你到底给不给?"

"你赌钱去了,好小子!"

"你给不给?"

"我给你个大耳……"

老大扇出去的巴掌被一把攥住,他觉出有条硬胳膊闪电似的探进了裤裆,整个身子被凌空揽了起来。没等他明白是怎么回事,天空便颠倒旋转了。输急了眼的老四用大背跨把曹家的财神爷摞平在雪地上,还不过瘾,又狠狠地背了一次。滚雷掌溜到爪哇国去了,老大风车似的在夜色中滚动时心里只有惭愧。他护住了后脑勺,但屁股砸翻了鸡食盆子。老四扬长而去,老大在晕眩中顿悟了一个滚雷掌里没有的招数:他应该在空中像捏乒乓球一样捏住曹国杨的睾丸。现在晚了。不过,也许还来得及。他充满仇恨地抓住了鸡食盆子。

曹家小院里响起了铁器的零乱呻吟。

"孩子他爹,那破盆子你就打不够啦!"

"闭你娘的嘴!再叫我打你!"

从春节开始,敏感的母鸡和傲慢的公鸡们发现它们的食具不见了。那块被打坏的铁盆让老大扔上了院外的老榆树,像个鸟窝,真不知曹国槐从哪儿焕发了那么大的力气。用上这力气的一半,也就不会让人扔麻袋似的扔他了。但老大给人拜年时气色很好,非常好。

"恭喜发财!"

他的笑容说明他已经捏住了敌人的睾丸,而且不仅仅捏住了睾丸。

十二

比邻的两个乡为了相互慰问,交换了节日的娱乐项目。本乡的放映队为邻乡的五个村演香港影片《年关大出血》,邻乡的业余剧团为本乡的五个村演梆子戏《香莲讼夫》。桑峪村道上已经出了海报。说正月初三晚七点包公将在村西场院上怒铡陈世美。村里人对包公和驸马不感兴趣,他们想看看秦香莲。女孩子们挨家挨户乱串,情绪骚动地解释秦香莲就是本村的曹国柳。

业余剧团为桑峪增添了少见的快活。但是老三曹国柳却忧心忡忡。别的演员们从拖拉机斗车上爬下来像螃蟹一样在村道上横行,大明星老三却溜墙根,趁带队的不注意一头扎回了曹家小院。他在门洞里遇上了满嘴酒气的老二,害羞的心情一下子就消失了。

"三弟回来啦?"

"这是我的家。"

"大过节的,不演戏你还不回来哩!"

"我演不演戏都要回来的,我想看看我的房子……大哥在家么?"

"在。晚上等着看你的好戏。"

"你等着吧。"

两人冷淡地分了手。大哥正在北屋里陪着一个油光满面的大胖子吃饭,老三打过招呼就歪到小厢房的炕上去了。他紧紧抱着脑袋,好像生怕里面塞满的唱词儿会溢出来飞走。嗓子有点儿疼,他担心它在紧要关头细不到应有的程度,那就糟了。现在他比恨体育教员还恨秦香莲,让包青天把这些折磨他的娘儿们跟陈世美一块儿铡掉算啦!把他的脑袋也切下来算啦!他学娘儿们学得累死了。

"秦香莲！到村委会上妆嘿！"

"国柳，陈世美领着老包满村找你哩！国柳！秦香莲！……曹国槐，你看见秦香莲了没有？有人说你三弟进家了……"

"滚蛋！秦香莲上吊啦，她掉茅坑里淹死啦！你们都滚蛋！"

曹国柳跳到院子里吼了几声，嗓音罕见的洪亮。院子外边马上便没有动静了，院墙上有人探了探脑袋。老大微笑着走近老三，手里举着两根塑料筷，似乎要夹住老三的鼻子。

"急啥？你这是咋的了？"

"我唱够了，什么都够了！"

"别让人家等你，快去吧。完了戏回家来睡，咱哥俩儿好好聊聊。"

"我真不想唱了。"

"都啥节骨眼儿了？你就是扮了个母猪，这时候也得上去哼哼两声吧？去吧，待会儿我领着人去给你捧场。"

"我像小丑儿一样给人耍弄……"

"哥遭的耍弄比你厉害。我都不计较，你可有啥过不去的。嗓子憋润点儿，好好唱！"

送走了老三，老大继续陪客人喝酒。大胖子话不多，酒却喝的不少,两只羊粪球似的小眼睛非常灵活。他不看菜碟子,但一双筷子上下翻飞夹什么是什么。他频频注目骨灰盒上的老伍奎,然后盯住曹国槐的大脸蛋儿:

"他是你亲爹么?"

"我只有一个爹。"

"他耳朵比你小。"

"我这耳朵随我娘。"

"我说么!你爹不像有福的人,你就不同了,你小子前途无量,你长了两只好耳朵。"

"一般化,一般化,吃菜!你吃菜。"

"这凉菜不错。啥玩意儿?"

"……猪……耳朵吧?"

"不错,味儿不错。"

"你凑合吃吧。"

媳妇领着孩子们看戏去了,炕桌旁的两个人几乎同时撂下了筷子,彼此脸上的笑意也迅速消失,换上了严峻的拳击手似的表情。他们在寻找挥拳猛揍的时机和部位。

"咱们打开天窗说亮话,你找我想干什么吧。"

"那我就不客气了?"那人说。

"不用客气,把肚子里的东西拉出来吧,我看你憋得有点儿难受。"

"你认为上次我要的回扣太多了?"

"不多。你多心啦。"

"我是没办法。我把东西端出来你可别嫌臭,好在你也不是香的。"

"那咱俩再臭一次,请讲。"

两人各饮了一杯酒,脑门子几乎贴在一起,像情人似的窃窃低语起来。大胖子说得忘乎所以,差点儿把自己夹的一丝猪耳朵塞进老大的鼻孔。老大聚精会神地盯着对方脸上的羊屎蛋儿,似乎在诧异它们为什么如此之小又如此之灵活,它们到底是什么做的呢?

事情的眉目已经清楚。县城一个平原乡的暖气片厂倒闭了,积压了几百吨产品,准备以略高于废钢铁的价钱出售。如果在实质上以废品买进,在名义上付出正品的价格,这里的赚头恐怕能把一个傻瓜勾引得变成聪明的博士。然而一旦走养路队的账面,肥肉就不是肥肉而是骨头了,使肥肉成为肥肉的办法只有让曹氏建筑队出马,条件是必须让总务科长这个养路队的内奸在肥肉上神不知鬼不觉地啃上几嘴。大胖子自己身上的肥肉已经不少,但他显然有眼无珠,对自身的肉质评价太低了。老大不动声色地看着眼前的脑袋,像盯着一颗猪头。这个皮球似的圆东西摆一桌宴席足够了吧? 老大的耳朵不由自主地前后扇动起来,像两把袖珍的小蒲扇,这是胸有成竹的前兆。

"你臭得有点儿不像话了。"

"此话怎讲。"

"你想送我蹲大狱?"

"你太玄了吧?"

"暖气包承不住压,崩死人你负责?"

"质量没问题,有问题也是几年以后的问题,那栋楼三年后能通暖气就不错。装好了几年不用,出了问题能怪你吗? 能怪我吗? 就是怪你怪我,能判刑吗? 能枪毙吗? 姓曹的,这么说吧,暖气通水那天我敢搂着大铁包十二个钟头不撒手,炸死我活该! 这总行了吧? 你他妈到底干不干?"

大胖子抱起酒瓶咚咚灌了几口,羊粪球儿有点儿发绿,腮帮子则红扑扑地肿起来。装暖气的新合同从两万元开始叫起,在两人相互臭骂了各自的亲属和祖宗之后,终于停在三万五千元的位置上。他们在这个位置热烈拥抱,开始称兄道弟,语言充满了亲切感。讨论到内奸的报酬时,大胖子简直忸怩得像个初涉情场的少女了。酒喝得太多,两条舌头都面临麻木状态,已经不大会说人话,只能发出一些类似低级动物得到食物时的激动的鼻音和喉音。他们索性把爪子伸到了炕桌底下,彼此斤斤计较地数起了对方的手指。大胖子逮住了老大左手的五个指头,又摸鱼儿似的追捕他的右手。老大拼老命把小指、无名指、中指挣脱出来,只有大拇指、食指留下。大胖子腾手夹了一口菜,棉花似的巴掌广泛地一捞,把老大的两只手全部捉拿了。

"全来了!全来了!"

"不行!哥俩儿好够了!"

"我放你仨,七盏灯怎么样?"

"哥俩儿好就是哥俩儿好!"

"你顺我也顺,咱俩六六顺儿吧?"

"手给你扳断了,娘的,我翻个跟头,四喜财!多一个我都不给了,你再他娘大把抓我就不干啦!"

"五奎手!少一个我在你们家上吊,你不信我可掏绳子啦。救我一命,咱们五奎手,你……往哪儿跑!"

激烈的徒手格斗差点儿掀翻了炕桌,老大觉着右手被一把大铁钳紧紧咬住,不由叹了口气。两个人在桌面之下行着握手礼,久久不放,活像两位庄严会晤的元首或别的什么屌人物,他们的笑容比那些家伙实在得多。光看表情,如果两个醉鬼里面有一个母的,恐怕不脱裤子是无法收场的了。至此,三万五里的五千元已经不翼而飞。那是一条尾巴,老大并非不高兴是因为他知道自己想什么时候揪住它就什么时候揪住它。他不在乎一城一地的得失,大胖子是国民党,他是共产党,共产党打败国民党是天经地义的事,他迟早要玩儿了这头猪!没容他再劝,得意忘形的猪科长已经把剩余的二两酒全部捆到嘴里去了,连眼神儿都渗出了酒气。

两位友人踉踉跄跄地奔了村西场院的临时舞台。演出因照明故障而推迟了。拴在舞台中央的汽灯不知为什么笔直地砸下来,险些击中包青天的头,包公是一位脾气很暴躁的柏峪人,站在台上不骂陈世美却大骂舞台监督。舞台监督是一位脾气同样暴躁的火村人,慷慨对骂,说包公脑袋上一定是长了块吸铁石,要么就是长了一套生殖系统,连汽灯都不放过。往返奔忙的是温柔的秦香莲,劝了这位劝那位,但仍旧未能阻止老包的怒吼:

"老子……老子铡了你!"

汽灯突然大亮。桑峪人掌声雷动。此时一对儿醉鬼闯进了剧场,两出好戏同时开锣。老大还清醒,大胖子却醉得不行了,他一眼勾住了秦香莲:

"这小娘儿们长得不赖么!"

"……那是我兄弟。"

"噢,这小娘儿们真不赖!"

大胖子眼有点儿直,老大使劲儿摇他。大胖子让老大摇着摇着,哗一声吐出来,眼前一位姑娘的花头巾立即汤是汤水是水,刘海上甚至挂了一片相当完整的猪耳朵。那姑娘也不肯示弱,跳起来踹了大胖子一脚。还想踹,老大拦住了她:

"你注意……这位是养路队的书记!"

"我是……公路局的党委书记。"

大胖子严肃地纠正老大,又要吐。老大连忙搀住他向外走,公路局一把手对官职不满足,回头指着杏眼圆睁的姑娘,想威胁:

"老子是县委书记!"

还不太过瘾,他在场院外向桑峪人发出了微弱的郑重的宣告。却没人搭理他,因为秦香莲的一只三接头皮鞋掉了,在一大片人腿人脚之中像巨形老鼠一样窜来窜去。桑峪人的笑声淹没了大胖子醉倒前的最后一串台词:

"县委书记是我儿子!包公是我孙子……曹国槐那王八蛋是我奀拉孙儿,五奎手是我奀拉孙儿媳妇,我把她干啦!"

老大把这个想当他祖宗的人扔在村道的雪地上了。不是小心眼儿,而是的确抬不动这畜类,他想回场院招呼老婆孩子来帮忙。

序幕已经结束,正剧正在开场,三弟国柳的尖锐嗓音刺穿了正月初三的夜空,如泣如诉。

  风霜路无火却如烧

  奴家我有泪竟难抛

  小儿女随我忍煎熬

  走不断茫茫京城道

  茫茫村道上出现了一个幽灵。他没有喝酒却像醉鬼一样游动,并且让地地道道的醉鬼绊了一个漂亮的大跟头,他连踢了八脚而那人没有一点儿反应。他俯身摸索起来,在酒味儿十足的上衣口袋里摸出了鼓鼓囊囊的钱夹。除了六个钢镚儿之外,他好半天才摸清楚另外的软条儿是什么东西。他笑了,同时站起来,对准那人的头部解开了裤扣,淋漓尽致地撒出一泡尿。远处有锣声和杀猪一样的吼戏声,这里也奏出了哗啦哗啦的人类之乐。那人朝天的嘴像个接水的茶碗似的,终于溢得装不下了。

  "好啦好啦可以啦,别灌我啦⋯⋯"

  "好好睡,老子谢谢你!"

  "我喝了多少!你们还好意思灌我,你们⋯⋯真他娘的没有良心⋯⋯拿来,五奎手!"

幽灵快活地离去。他是输光了的曹家老四,经过重新武装他踏上了新的征途。他斗志旺盛,因为他不但有了六个沉甸甸的钢镚儿,而且还缴获了三个软绵绵、滑溜溜、可长可短、可胀可缩的神奇物质。

他想着的任何事都与避孕无关。

十三

正月初六,内战不休的业余剧团杀到了雁翅。老三曹国柳在火村演出时着了凉,体温在三十七和三十八度之间徘徊,平均每分钟咳嗽两次。他至高无上的地位没有人可以代替,所以戏不得不准时上演。经过团长兼导演的精心策划,那晚的演出居然大获成功。实践证明观众对锣鼓手的忙碌并不厌烦,而且他们显然喜欢秦香莲楚楚动人的新形象。她的水袖频频举到鼻子以下,伤心得唱不下去,大约没有谁知道她正在锣鼓声的掩护之下痛快地咳嗽。知道了也没关系,苦命人咳嗽两声不是很正常么?秦香莲不咳嗽倒让陈世美咳嗽不成?背叛了家庭的浑蛋配咳嗽么!所以,雁翅镇的乡亲认为小学教员曹国柳的咳嗽很好,很艺术。

老三挣扎到演出结束,推开了小学校自己那间单身宿舍的门,发觉火炉已经被人生好,脸盆里的水冒着灰色的热气。他的床上坐着他恨之入骨的体育教员,表情像一位冷漠的仙姑。仙姑端给他一杯感冒冲剂,他刚喝了两口眼神儿便白花花的像是要出水:

"谢谢你……特意赶来看我的戏。"

"我不是来看戏的。"

"谢谢你……来看望一个微不足道的人。我是不值当你耽误寒假的。我从心里感谢你!我……现在……需要理解,我……"

"你慢慢喝,慢慢喝。"

在他眼泪欲落未落的一瞬间,体育教员适时地阻止了它们。她的声音非常温柔:

"我担心跑队的小家伙们中断训练,初四就回来了。他们的家长太愚昧,怕孩子练累了回家不好好干活,嫌他们吃饭没够,我可不管这些!我每天监督他们跑十五公里,谁跑不完谁就别想回家。世界冠军都是这样练出来的,我可不想对他们讲客气。我对谁都不讲客气!你说我这样做……对吗?合适吗?"

"很对,你做得很对。你应该像赶毛驴一样赶得他们,除了没命往前跑之外就找不到别的活路,那样的话……你就是优秀的教练了。"

"你比较理解我。"

"你有献身精神。尽管有时候……在某些方面……不过我支持你的野蛮训练法。"

"我野蛮么?"

"野蛮是必要的。这一点我有体会。你有没喝完的咳嗽糖浆吗?冲剂这种玩意儿我喝不惯,有点儿……苦。"

他的眼眶早就干涸,而且不知为什么不大咳嗽了。体育教员去给他找药,他目送她运动衫里纤细的腰和运动裤里丰满的臀,觉得手中的瓷杯都有了弹性。他的确是学校里唯一理解她的人。他理解她天真的事业和纯洁的出人头地的愿望。如果她不是那么急于出人头地,他的爱情也就不至于那么绝望了。她看不上一事无成的人,而他恰恰是这样的人。她自己何尝不是这样的人呢?她的乒乓球训练计划以获得全县最后一名而宣告失败。她训练的体操队员半年翻不出一个像样的跟头,上了平衡木跟瘸了腿的小母鸡似的。她选择长跑是明智之举,简单地没完没了地跑路不需要什么高深的学问。对她很合适。她除了善于在感情方面摆布他支配他折磨他之外,的确没有多少教练才能。但是他愿意理解她支持她,并且不反对她根据需要对他们进行新的感情打击,乃至痛击。他知道她寻找对象的努力很可能失败了,他也知道自己成功无望。尽管没有证据,然而他认定配做她伴侣的那个男人正在孕育,暂时还没有生出来。为此他真愿意重新爬回某个女人的肚子,以便等待她庄严的选择。

体育教员端来一个药瓶,里面有半下酱油似的液体。他喝了一口的确有酱油味儿,但她的目光在鼓励他,他眉毛都不皱便把它们全部灌进了喉咙,酱油味儿反而一下子消失了。他怀疑这瓶旧咳嗽糖浆是否长了毛。不过即便长了蛆他也敢喝下去,他愿意在她面前显示英雄主义气概和非凡的男子风度。她把赞美还给了他,说他的献身精神远远超过了她。

"谁不同意这一点,他看你的戏好了。再见。我们明天早晨五点开始训练,有兴趣可以来观摩。你教语文的时候太温良恭俭让了,我想让你知道我是怎么收拾那帮调皮鬼的。"

"我知道,你尽管收拾他们好了。"

曹国柳睡得很好,也很累。他在梦里骑了一夜马,马脊梁颠得他心花怒放,把他的肝都颠到胳肢窝里去了。

就在老三跑马这一夜的子时光景,老四曹国杨孤胆袭击了柏峪的供销社。他身佩老二修拖拉机用的改锥和无名氏的三具避孕装置,蹑手蹑脚地爬进了库房的后窗户。他一边解裤腰带,一边摸近了值班员散发着雪花膏气味儿的小床。他的侦察不准确,他做梦也没想到那位满脸雀斑的胖嘟嘟的卖货姑娘竟没有躺在她该躺的地方。她居然敢在这样关键的时刻擅离职守,使雄心勃勃的老四非常泄气。一箭双雕的行动只剩了一雕,离弦的老四裤腰带都没心思系便射向了库房的商品。他再次穿越后窗户的时候活像一匹高大的骆驼,身上堆满了棉大衣、毛裤、袜子等各类大小不一的杂物。临行前他留恋地在雀斑姑娘香喷喷的枕头上躺了五分钟,在床单正中央甩了一把愤怒的鼻涕。他无意地加深了自己的罪恶,因为他在最后一分钟有意地抛弃了全部装置。那本是此次战斗的核心,是三面小小的催人奋进的杏黄旗。

两天后的下午,老四在县城集市的服装市场上推销最后一批小玩意儿。他脚下摆着一盒剪指甲刀和一盒圆珠笔,手上拖着花花绿绿的袜子和蓝蓝白白的手帕,肩膀搭着五颜六色的头巾和毛巾,脖子缠了牛皮的和塑料的裤腰带,而脑袋上则套了八顶或十顶帆布帽、呢子帽、草帽。他大声吆喝,目光天真无邪,整个人在冬日的阳光下焕发着朝气蓬勃的生机。此时几个不怀好意的人影逼近了他,有人亲切地叫了他一声:

"曹国杨。"

"干啥?"

话音刚落,他觉得情况不对头。脚离了地,身子却飞快地往前动。不好,至少有六条胳膊前后左右架住了他。待杀的肉猪似的,他疯狂地挣扎号叫起来了。

"同志们,有人要抢我的货!"

"你喊什么?"

"乡亲们你们不能见死不救,帮帮我呀!我的帽子、帽子……臭娘儿们你敢捡我的帽子,我活着回来找你算账!哎哟我的胳膊……救命呀,坏人要明抢啦!"

"老实点!老实点!你的货哪儿来的?"

"保……定。"

"你知道保定在哪儿吗?"

"保定……就在保定。"

"保你爹那腚!我告诉你保定在哪儿!不老实?我让你保……定!我让你保……定!"

一只很有劲的脚踹着老四的屁股,把他踹明白了。他看见了集市尽头的警车,后开门张着大嘴,一个穿制服的警察倚在门旁像看猴似的看着他,无聊地打了几个哈欠。老四腿发软,舌头打不过弯儿来,膀胱有点儿涨,身体使劲儿往下沉。

"大叔,饶了我吧!"

"别哭,有话进去慢慢说。"

"爷爷哎,你们就饶了我吧!"

"安静点儿,把腿抬起来。"

老四彻底绝望了,他一只手紧紧攥着一叠尚未售出的尼龙袜子,另一手揪住了车门,打算往轮胎下面躺。屁股又挨了一脚,踹得他终于憋不住了。

"……我要撒尿!"

"不行,现在不行!"

"孙子们,我要撒尿!"

"你给我进去吧你!"

"老子输光啦不要命啦,爷爷我跟你们拼啦!"

老四被平着扔进了警车,在空中的一刹那腿根子上出现了一股温暖的热流,他便舒舒服服地窝在那儿不动了。

长子曹国槐正月十三才接到县公安局的通知。他初四与老二交换了住房,初五便坐着老二的拖拉机去买暖气片了。为加快工程进度,他从公路局租了两台风钻,自己亲自执掌了其中一台,身先士卒的精神令部下感动。他累得瘦了一圈,让风钻震得睡觉时下巴都哆嗦,没半个小时稳不下来,暖气装得很地道,银粉刷得贼亮,据大胖子说养路队领导有意思让曹氏建筑队承包一千四百平方米的宿舍楼工程。老大没理这个茬儿,因为他看出总务科长那头猪卡油卡得已经上瘾,他不想再喂他。蔬菜公司那边正在张罗饭厅的开工典礼,光临的客人里将有一位抓基建的副县长。老大经不住二工头的点拨,自己也想出出风头,便在文具商店的服务社印制了五十张名片。他按通知到拘留所探视老四的时候,口袋里鼓鼓囊囊的除了钱包便是一大沓这个玩意儿。

他给四弟带去了铺盖和衣物,放在一张大桌子上,桌子对面坐着贼眉鼠眼的老四。一位跟老四年龄差不多的民警站在接待室门口,监视着哥儿俩的一举一动。老大喘了半天气不知道自己该讲点儿什么。看老四的眼神儿,似乎有心从桌子上爬过去跟他练练大背跨。想到滚雷掌遭受过的挫折,老大的怜悯心渐渐消失,觉得不能放弃眼前这个教训对手的机会。

"建筑队正需要劳动力,你怎么能干这种事!你对不起咱爹,也辜负了我对你的培养。你要老老实实交代罪行,争取宽大处理。你落到这个地步哥是很难过的,哥没有别的意思,只说给你一句要紧话,好好记着:坦白从宽、抗拒从严、顽抗到底、死路一条。我的话你听明白了吗?"

老四很认真地挖着鼻孔。

"你听不进去?好吧……你听得进去就不会到这儿来了!既来之则安之,这话毛主席讲过。邓小平同志好像也讲过。你不听我的话得听他们老人家的话,你在监狱里要积极靠拢组织。组织让你蹲几年你就蹲几年,蹲多少年我都没有意见,蹲够了出来希望你还来建筑队工作,犯了错误改了就好,我代表我自己对你表示欢迎。"

老四搓了一个鼻涕球,往桌面一弹,它便黑蜘蛛似的朝老大飞过来了。老大用烟灰缸把它顶了回去。门口的民警不见了,老大担心地望着老四,语气缓和了不少。

"国杨,你哪儿弄的那脏玩意儿?偷你就偷罢了,拎他娘几个鬼套套干什么!拎几个就拎几个,谁也免不了弄弄使使,可你小子把人家的床单、枕头搞了一塌糊涂,你他娘还有个人样儿么!桑峪当笑话讲,哥儿几个都让你羞死了……"

民警又回来了。老大掏出一本宣传"五讲四美"的小册子,把书名念了一遍,扔在老四一侧的桌面上:

"你要好好学习,这是我从书店特意给你买的。建筑队你就不用管了,也别惦记了,物质文明我和老二负责,你在里面把精神文明全面抓一抓,争取重新做人。我要回工地干活儿了,你还有什么要说的吗?"

自始至终没吭气的老四摇摇晃晃地站起来,把上半个身子探到桌面上,老大也身不由己地探过去,不知道四弟是想跟他亲嘴、拥抱还是握手。

"日你娘!"

老四喷了他一脸臭烘烘的唾沫。民警揪住了罪犯,小兔崽子抓着门框不肯走,回过头来又甩出一句:

"我日你娘!"

四弟的提醒使老大想起了淡忘多年的母亲。她是困难那年落下的浮肿病,生了老四不久便去世了。想起她来老大想哭,想哭的时候想起了已去与她做伴的父亲。人固有一死,或重于泰山,或轻于鸿毛,下一位还不知道轮到谁呢!老大知道自己不是鸿毛,他一时半会儿也死不了,但他必须像泰山一样活着。他擦干净脸上的唾沫,掏出了一张精致的名片,觉得自己像珠穆朗玛峰一样高大结实。

他把名片递给送他出来的民警:

"我是桑峪建设承包公司的总经理,多多关照,请多多关照!"

"别来这一套了,县长的儿子犯了罪也得判,你懂吗?"

"我懂、我懂。我看你们拘留所的房子太旧了,不打算盖新的吗?有这方面业务可以直接找我联系。我们盖办公楼最拿手,盖拘留所没有经验,但我们实行三包。你们盖监狱也可以找我,我们什么都能盖……"

他闻到唾沫的臭味儿想起了一个问题:

"帮帮忙,你们把曹国杨枪毙算了!"

"……他资格不够。"

"我不管,你们给我把他毙了吧!"

民警看到他的下巴摇晃起来,以为他是让犯人弟弟给气坏了。但老大明白那是让风钻颠出来的毛病,他镇静地揪住腮帮,向县城走去。曹国槐同志固定着乱颤的下巴,像一位陷入了深思的伟人。

十四

清明节那天上午,老大、老二、老三借上坟的机会给母亲献了一份儿厚礼。他们在旧坟旁挖了一个坑,把老伍奎搁了进去。平时傻乎乎的父亲随骨灰盒下降时,给儿子们留下一种类似兴高采烈的表情,使他们填土时感不到一点儿内疚。不让留坟头,填完土之后老大站上去转着圈使劲踩,口中念念有词:

"上边你就不用操心啦。你窝窝囊囊过了一辈子,到下边好好想想,想明白了托个梦给我,好让我们兄弟几个参考参考。爹你安息吧!我们要忙我们的事儿去了……"

老二、老三听不清他嘟囔什么,也在父亲的头顶上跟着踩了几脚。踩平了之后哥儿仨扛着铁锹离开坟地,各自去张罗各自有趣或无趣的生活。不论有没有趣味,他们活得都很带劲儿,也很小心。

住上北屋的老二对大哥很不满,因为大哥在租的房子里住了不到一个月就搬到老三的新房子里去了。老二觉得自己中了调虎离山的诡计。媳妇给他填了不少火药,但没来得及炸响就让大哥浇了一瓢热水。老大给他买下了蔬菜公司报废的130卡车,算他交了一半钱,原来的拖拉机也由他变卖,他纵有一肚子炸药也不敢随便点捻儿了。报废车没有牌照,只能夜间行驶,媳妇挑拨这是曹国槐对她丈夫的惨无人道的剥削,但是老二很快就习惯了白天睡眠,而且他的确很喜欢那辆车,不希望它落入交通警的法网。跟拖拉机一个毛病,这辆车的闸也有问题,老二用铡草机上的一根弹簧健全了它的刹车系统。在黑咕隆咚的盘山道上行驶,频频呻吟的已经不是那只著名的闹春的猫,而是一只强壮的发情的母牛。山区夜间的公路上不时响起哞哞哞的声音,有点儿古怪也有点儿悲惨,说明爱迷路的母牛又找不着道儿了。

老三还在教语文,受野蛮训练法的影响他时常用教鞭敲孩子们像石头一样坚硬的脑袋。为此他得到了校长的赞扬,因为教学秩序和教学质量明显改善了。他到县城新华书店去过一次,对五花八门的哲学著作大吃了一惊。他热爱哲学,但一个黑格尔已够他吃一辈子,一辈子也未必能消化黑格尔的一个脚指头,突然冒出来这么多哲学僵尸他可怎么啃得了,怎么咽得下去!他回想在师资培训班迷恋哲学的起因,是不是由于教哲学的那位独身女教师太漂亮太神秘了?按说不应该,人家比他大十几岁,当然他也没有那么下流。他在书店里很不幸地翻阅了弗洛伊德的名著,顿时感到气馁。

现在,老三曹国柳是学校长跑队的教练助理,青出于蓝而胜于蓝,教练还能跟着队员们跑跑,他却骑着自行车督战。遇上体力不支的,他就用前轮儿顶人家屁股。有累趴下的,他就将其捆在后架子上驮回来。不过队员们很感激他,因为他用自己的钱给大家买肉罐头和人参蜂王浆。体育教员的态度没有变化,只是怀疑他哪儿来的那么多钱。他准备让她再吃一惊,为长跑队拉一项长期赞助,他的房子毕竟不是白给人住的。他不能任人宰割,他得想办法宰割别人。

体育教员的新对象是驻军的一个排长,老三根本没把他放在眼里。自己的脸不过稍长一些,那个人的脑袋则是没长好的冬瓜,根本没有可比性。和体育教员一块儿领着孩子们跑步,他感到很幸福很充实。他沉醉地久久注视她丰满的背影,眼光跟老四几乎没有什么区别了,尽管他不是流氓,并自称要开山区一代之先,做一个名副其实的独身主义者。他骨子里却盼望自己成为这场恋爱马拉松的冠军,最不济也要闹一出第三者插足的喜剧。谁敢把她从他身边抢走,他就敢让谁当王八,别说小小的排长,就是团长军长他也有信心让他们戴上鲜艳的绿帽子。不过最好不要出现这种两败俱伤的事,在此之前他得遵守规则,用常规手段去夺取并占领她。她好像招架不住了。

哲学已成往事,但老三喜欢思索。他在教学笔记上杜撰了一段精彩的格言。

> 生命在于运动,在于男人和女人一块儿运动。独自运动是没有意义的,滑稽的,而且是悲惨的。

他又差点儿把这一伟大思想拱手让给黑格尔。他想到了语文修辞里的对偶法。黑对白,格对律,尔对吾,他为这段格言署名:白律吾。一个崭新的天才的名字,他准备用它来发表教学论文,如果有朝一日他能写出论文的话。他把格言寄给了正在服刑的四弟,他是唯一经常去信开导他的人。信发出去便后悔了,那个思想很像恶意的嘲讽。对四弟来说,所谓运动就是在劳改队的采石场没完没了地凿石头,他的生命还得这样运动三年。但是不管什么运动,生命在于运动这句话总不是没有道理的吧?有运动才有矛盾,有矛盾才有斗争,矛盾是无处不在的,斗争是无尽无休的,而运动是没完没了的。跟这种情况相比蹲大狱算得了什么呢?失恋算得了什么呢?当一个想入非非的农村教员算得了什么呢?只要矛盾恒行不灭,世界就是蹲不完的大狱,而人人都在某些事情上失恋再失恋。彼此彼此,谁也别高兴,可谁也用不着难过。老三哲人的本性难移,准备抽空儿向老四详细阐述这一点。

老大曹国槐的幕后运动遇到沉重打击,支部讨论发展对象时他未能通过,这已经是第三次了。他听到噩耗时刚好在桑峪家中,嘴上跟老婆说请老子入老子还不入哩,但心情确实非常痛苦。老婆睡觉时看到他在玩儿孩子的铅笔,眯一会儿醒来,发觉他还坐在炕沿上,正一把一把扯手纸,人像是魔怔了。

"孩子他爹,你想上吊是不是?"

"我考虑公司业务。"

"这么晚了,你干啥去?"

"……我去解个手儿。"

"解大手儿解小手儿?"

"看情况。"

"快回来,别蹲起来没够。"

"看情况,看情况。"

老大出门上茅厕。新房基没盖猪圈,解手儿得往村道深处走。鬼使神差的老大没找到地方,居然深更半夜地敲响了书记家的院门。书记披着上衣陪客人在院子里说话,谁也看不清谁的脸,声音却有推心置腹的味道。老大说自己明天要赶回工地,想抓紧时间汇报一下思想,打搅书记睡觉实在对不起。

"没啥,我刚才梦见一条蛇往我屁股里钻,你不来它就钻进去了。你把我救了,看看!这会儿汗还没下去哩。"

"这梦我也做过,它从上边往里钻,跟你梦里的蛇不一样……我把它给吃了。"

"是呀?我屁股上没牙,有牙也把它吃了。吃不吃都不是好梦。我担心你经不住这次考验,看来你精神还不赖么!"

"……我想听听同志们的意见。"

"这个么……听说你想雇人种家里的承包地,不合适吧?庄稼人以农为本,你雇人种就把乡亲们的心伤了,支部里有人说你是笑面虎,我也闹不清这是啥意思。"

"我虚心接受了,我不雇了。"

"还有……你到处跟人说副县长接见你来,说你是农民企业家,夸你很有前途,有这事吗?"

"随便说说呗,有人当真了。"

"你……跟他有关系吗?"

"啥关系?"

"反正不是男女关系。"

"嗨,我跟他在蔬菜公司见过一面。他干他的副县长,我干我的活儿。他想起什么说什么,当屁听了就完了。"

"这就对了么!前年县委书记来桑峪考察畜牧业,夸那头大黄牛长得肥,他走没几天我就让人把那畜生宰了,你家不是也分到肉了吗?村里的事说到大天还得村里人做主,不明白这一层人就没啥出息了。我看你不像糊涂人,以后做事明白点儿,啥都好办。"

"那是,书记以后要多帮助我。"

"时候不早了,就谈到这儿吧。"

"您睡吧,我走了。"

"走你的吧。我待会儿睡,我老惦记那条蛇,娘的!又出汗了。"

"这次它保不准要钻上边了。"

"钻吧,我把它当个屁吃进去。"

"那好,你忙吧。"

握手时老大趁势把红包递了过去,这是每个月的例行节目,但

每次上演都让人别扭。书记拍了拍他的肩膀,压低了嗓门:

"你这人本质不错,很有希望。"

"请组织上继续考验我。"

"你这人自觉性还是比较强的。"

"你再夸我我就不好意思了。"

"夸你的时候在后边哩。"

"做你的好梦去吧,别送了。"

"不急,梦长着哩,做完了就没意思了。好梦赖梦咱不能让它断喽,是不是?"

"谁说不是呢!"

院门吱扭一下关严了。老大紧跑了几步再也无法忍受,站在水渠的小桥上就脱裤子,一边脱一边急急忙忙往下蹲。过去这里搭的是几棵树,为了让书记一家行走方便,他特意从工地运来了两块预制板。老大使劲儿揉着肚子,觉得不干得彻底点儿就太对不起它们了。

清晨,去菜园子倒尿盆儿的书记老婆中了埋伏。全村响彻了她歇斯底里的叫声:

"畜生!这是哪个烂眼子畜生干的!"

她用一根枯树枝把它们一节一节地拨拉到渠水里了,它们合着清水的欢声嘻嘻哈哈地翻滚流淌,像几条活泼的鱼。这是它们的主人为自己不能成为一滴新鲜血液而临时采取的替代措施。谁也不敢说他不是一个前途无量的人。

下游一家农户的小儿子给瓦盆里养的几只虾米换了水,离开水渠的时候他发觉瓦盆底上有一团黄色的不太光滑的物体。虾米们已经团团把它围住。

"爹,你看这是啥东西?"

他爹,一个念过书的农民,用食指伸到水里摸了摸,想了想,又摸了摸,然后胸有成竹地站了起来。

"这很可能是鲇鱼的卵子。"

说完又自作聪明地补充了一句:

"它肯定是受了鲇鱼的卵子。"

"为啥?"

"水库里的鱼到作孽的日子了。"

"大虾米小虾米都抢吃哩!"

"它很有营养,傻儿子。"

"爹,它们打起来啦!"

"让它们打吧,打累了就不打了,歇够了还得打。它们越打长得越快,不让它们打,除非给它们放一块屎。儿子,你懂吗?"

"我懂啦,全懂啦。"

虾米们正在强攻,鲇鱼的卵子开始四分五裂,但是虾米们没有忘记用多余的脚袭击和干扰同类,它们可能夸大了对自己生存的威胁,把一团臭烘烘的美餐看得太珍贵了。小男孩希望他养的虾米能够团结起来,但是他的希望没有实现,大虾米居然吞起小虾米来了。他抬眼看了看宁静温和的桑峪,像老爷们儿似的长叹了一声:

"娘的!你们有完没完啦?"